KB080045

사라져가는 것들
잊혀져가는 것들

사라져가는 것들 잊혀져가는 것들

그때가 더 행복했네

2008년 4월 20일 초판 1쇄 발행
2011년 8월 15일 초판 7쇄 발행

지은이 : 이호준
펴낸이 : 김영애
펴낸곳 : 다할미디어

등록일 : 1999년 11월 1일
등 록 : 제20-0169호

주 소 : (우) 137-904
서울시 서초구 잠원동 29-1번지 호영빌딩 601호
http://www.dahal.co.kr
전 화 : (02) 3446-5381~3
팩 스 : (02) 3446-5380
e-mail : dahal@dahal.co.kr

ISBN : 978-89-89988-56-4 03810

값 12,000원

사라져가는 것들
잊혀져가는 것들

그때가 더 행복했네

글·사진 이호준

들어가는 글

모두가 앞으로 나갈 때, 손끝이 닳도록 더듬거리며 뒤를 향해 걸었습니다. 빛의 속도에 적응해야 남들 꽁무니라도 따라간다는 시대에, 과거로 가는 끈을 잡고 있다는 건 고속열차에 앉아 우마차의 낭만을 꿈꾸는 것과 다르지 않았습니다. 양쪽의 괴리 사이에서 혼돈스럽기도 했습니다. 하지만 야금야금 맛보는 느림의 미학은 달콤했습니다. 마차의 삐거덕거리는 소리, 쇠똥 냄새와 함께할 수 있다는 건 혼자만 누리는 행복이었습니다.

오래 전부터, 이 땅 위에서 사라져가는 것들을 기록해야 한다는 짐 같은 걸 지고 살았습니다. 고향에 갈 때마다 '다시는 볼 수 없는 것' 들이 하나씩 늘어나는 걸 확인하면서 마음이 편치 않았습니다. 폴짝폴짝 건너던 징검다리, 망치소리 우렁차던 대장간……. 썰매를 타던 논과 연을 날리던 하늘은 텅 비어 있었습니다. 시간은 인정사정 봐주지 않는 지우개라는 사실을 실감하고는 했습니다. "여기는 방앗간이 있던 곳, 이곳은 아빠가 물장구치던……." 아이들에게 틈나는 대로 설명해 보지만, 가슴에 기록되지 못하는 말은 지나는 바람보다 나을

게 없었습니다. 늘 혼자만 촉촉이 젖은 눈으로 돌아서기 마련이었습니다. 그래서 하나둘 사진으로 찍고 기록하기 시작했습니다.

평면적 기록이 아니라 입체적으로 느낄 수 있는 글을 쓰고자 했습니다. 그래서 소재마다 이야기 구조를 택했습니다. 형태는 조금씩 다르지만, 가능하면 한 편 한 편에 살아 움직이는 주인공을 내세웠습니다. 그 시절을 살지 않은 젊은 세대들도 간접경험을 통해 공감할 수 있도록 하겠다는 의도입니다. 제가 궁극적으로 추구하는 것은, 머리로 읽어 지식이 되는 글이 아니라 가슴으로 읽어 감성이 되는 글입니다.

막상 책으로 엮는 데는 많은 망설임이 있었습니다. 아직 너무 부족하다는 생각 때문이었습니다. 특히 사진은 아무리 바꾸고 보충해도 미흡하다는 생각이 가시지 않습니다. 그렇지만 시작이 반이라고 했습니다. 미약하나마 한 발자국을 내딛다 보면 두 번째 걸음은 좀 더 나아지리라고 스스로를 위로합니다. 책 한 권이 목적이 아니라 눈을 감는 날까지 찾아다니고 기록하겠다는 각오로 시작한 일이기 때문에 긴 안목으로 바라볼 것입니다.

책은 편의상 4묶음으로 구성했습니다. 제1묶음은 '청보리 일렁이던 고향 풍경' 이라는 테마로, 자연과 어우러진 우리의 멋을 전합니다. 보리밭, 원두막, 초가집 등 듣기만 해도 달려가고 싶어지는 소재들을 담았습니다. 현지에서 느낀 점이나 여행 정보도 같이 소개해서 찾아보는 데 도움이 되도록 했습니다. 제2묶음은 '연탄 · 등잔, 그 따뜻한 기억' 이라는 테마입니다. 달동네, 고무신, 손재봉틀 등 세월 따라 사라져 갔지만 우리의 삶 자체였던 것들에 대한 추억을 담았습니다. 제3묶음은 '술도가 · 서낭당이 사라진 뒤' 라는 테마로 묶었습니다. 양조장 등 생활 주변에 존재하던 것들을 돌아보는 것은 물론, 전통혼례, 굿, 서커스 등 잊혀져 가고 있는 무형문화도 담았습니다. 제4묶음은 '완행열차와 간이역의 추억' 이라는 테마입니다. 구멍가게, 옛날극장 등 오래된 얼룩처럼 지워지지 않는 것들에 대한 이야기를 전합니다.

끝으로 한 가지 고백하려고 합니다. 제가 직접 보고 겪지 않은 것들까지 기록하다 보니, 열심히 묻고 조사했지만 오류가 있을 수 있습니다. 또 같은 사물이라도 지역에 따라 명칭이나 쓰임새가 다른 경우도 많습니다. 잘못된 점이 발견되면 넓은 아량으로 헤아리고 지적해 주시기 바랍니다.

귀가 꽁꽁 얼 만큼 추운 날, 강원도 깊은 골짜기에서 바람과 싸우며, 어느 새벽 길고양이만 배회하는 남산 골목을 허덕거리고 오르면서 "내가 무엇 때문에 이 짓을 하지?" 하는 회의보다는 감사하는 마음으로 염원했습니다. 마지막 힘이 스러지는 날까지 카메라에 담고 기록할 수 있게 해 달라고…….

곁에서 지켜보고 채찍질해 주신 분들, 책을 엮는 데 아낌없이 도와주신 분들께 두 손 모아 감사드립니다.

2008년 4월

이 호 준

차 례

연탄 · 등잔, 그 따뜻한 기억

술도가 · 서낭당이 있던 자리

완행열차와 간이역의 추억

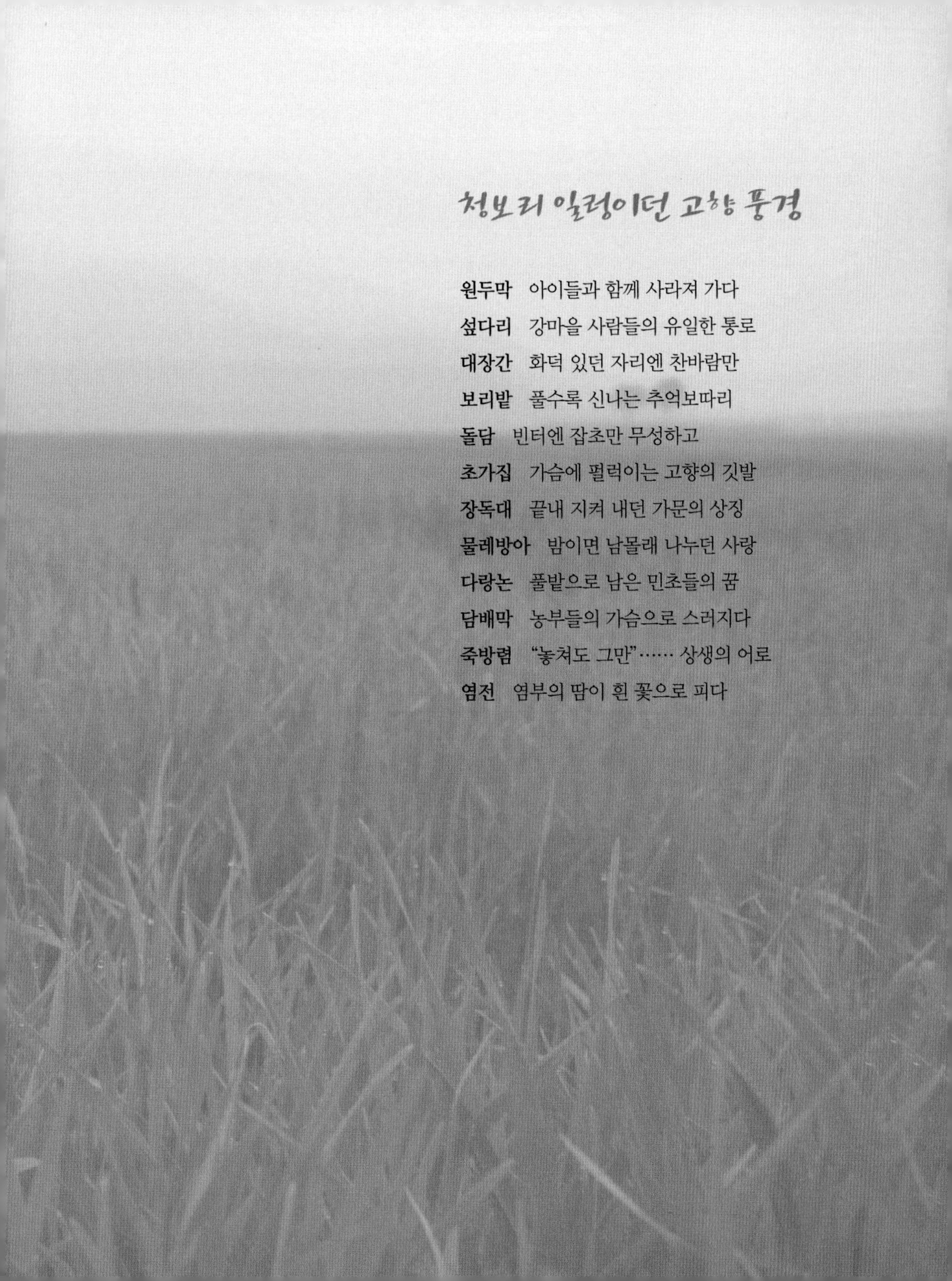

청보리 일렁이던 고향 풍경

원두막 아이들과 함께 사라져 가다

섶다리 강마을 사람들의 유일한 통로

대장간 화덕 있던 자리엔 찬바람만

보리밭 풀수록 신나는 추억보따리

돌담 빈터엔 잡초만 무성하고

초가집 가슴에 펄럭이는 고향의 깃발

장독대 끝내 지켜 내던 가문의 상징

물레방아 밤이면 남몰래 나누던 사랑

다랑논 풀밭으로 남은 민초들의 꿈

담배막 농부들의 가슴으로 스러지다

죽방렴 "놓쳐도 그만"…… 상생의 어로

염전 염부의 땀이 흰 꽃으로 피다

원두막

아이들과 함께 사라져 가다

정말 내키지 않는 일이었다. 미친놈이나 천둥벌거숭이가 아니고야 그 누가 재실영감네 참외밭에 들어간단 말인가. 차라리 불알 밑 잘 씻고 호랑이 굴로 찾아가는 게 나을 일이지……. 일이 일어나게 된 자초지종은 그랬다. 한낮에 웃말 방죽에서 놀던 동네 악동들이 물장구도 심심해지자 머리를 맞대고 음모를 꾸미기 시작했다. 그런데 간덩이가 부어도 단단히 부었지, 기껏 낸 결론이 재실영감네 참외밭을 털자는 것이었다. 참외밭으로야 동네에서 가장 군침 돌게 만드는 게 재실영감네 밭인 건 사실이다. 다른 집들은 식구들끼리 먹을 요량으로 손바닥만 한 텃밭에 참외, 수박 몇 포기 심는 게 고작이지만, 재실영감은 내다 팔 목적으로 해마다 큰 밭에 참외 농사를 짓는다. 그러니 참외가 잘 익어 때깔 좋을 무렵이면 아이들이 입맛을 다실 만했다.

"오늘 돌격대장은 네가 해라." 두목격인 병구의 손가락이 아이의 눈앞에 멈춰 있었다. 아이는 가슴이 덜컥 내려앉았다. 드디어 올 게 왔다. 등에 땀이 흘렀다. 어떻게 쉽사리 대답한단 말인가. 재실영감은 동네의 재실영감이기 이전에 아이의 큰할아버지다. 즉, 젊은 나이에 돌아가신 할아버지의 형님이다. 비록 아이의 아버지와 사이가 나빠져, 왕래를 끊다시피 했다고는 하지만 족보까지 바뀐 건 아니었다.

그걸 떠나 재실영감이 누구인가. 심술궂기는 얼마나 심술궂으며 무섭기는 얼마나 무서운지. 차라리 당골 도깨비바위에 살면서 지나가는 사람에게 씨름을 하자고 한다는 도깨비가 낫지……. 하지만 피할 수 없는 상황이었다. 병구가 아이를 지목한 것이야말로 아이와 재실영감의 그런 '특수 관계' 때문이 아니겠는가. 재실영감보다는 '심술영감'으로 불리는 그인지라, 아이들에게도 두려움과 복수심(?)이 교차하는 대상이었다. 그러니 참외서리에 손자뻘 아이를 앞세우면 얼마나 재미있을 것인가. 게다가 재수가 없어 들킨다고 해도 차마 손자를 어쩌겠는가. 다른 집이 대상일 경우, 즉 겨울에 닭서리를 하거나 가을에 고구마서리를 할 때 아이를 최전선에 세워 본 적은 없었다. 진퇴양난의 국면이었다. 큰할아버지네 참외밭을 털러 갈 수도, 거절해서 따돌림을 당할 수도 없었다.

시간은, 아이의 고통 따위는 아랑곳 않고 성큼성큼 걸어갔다. 저녁을 먹는 둥 마는 둥 하고 마루 끝에 앉아 땅거미를 세던 아이는 어둡기 시작하자 어렵게 엉덩이를 떼었다. 집을 나서는 걸음은 도살장에 끌려가는 소처럼 엉기적거리기만

했다. 마을 입구 정자나무 아래에는 아이들이 벌써 다 모여 있다. 마지막으로 아이가 나타나자 솔개가 병아리를 채듯 끌어당겨 앞장세운다. 재실영감네 밭은 마을과 조금 떨어진 밤산 어귀에 있다. 그래서 재실영감은 참외가 노랗게 익기 시작하면 아예 원두막에서 기거했다.

달이 떠오르고 달빛이 질 좋은 비단처럼 매끄럽게 흐른다. "달빛이 좋은 날 서리를 하면 걸리기 십상인데……." 아이는 그동안 갈고 닦은 '서리 수칙'을 되뇌어 보지만 차마 내놓고 말하지는 못한다. 비겁하다는 비난이 쏟아질 게 뻔하다. 백전노장 병구가 달빛과 서리의 상관관계를 모를 리 없다. 하지만 무슨 심술인지 계획대로 강행할 모양이다. 아이들은 조국을 지키기 위해 전쟁터에 나가는 병사처럼 자못 비장한 낯짝들을 하고 있다. 그 병사들이 그림자를 길게 늘어뜨린 채 논둑을 행군한다. 아이의 그림자도 그 속에서 질질 끌려간다.

드디어 재실영감의 참외밭이 눈앞에 나타난다. 밭머리에 도착하자 병구가 아이 하나하나에게 임무를 맡긴다. 돌격조 세 개에 감시조가 하나다. 아이에겐 역시 다른 아이 하나와 함께 돌격조의 임무가 떨어졌다. 일찌감치 돌격대장으로 점지 받았으니 그중에서도 선두다. 돌격조에게 주어진 임무는 원두막 근처로 접근해서 잘 익은 참외를 자루에 넣어 오는 것이다. 달빛을 받은 원두막이 평소보다 우뚝 커 보인다. 아이는 큰할아버지의 얼굴을 떠올리며 진저리를 친다. 할아버지는 결코 잠들지 않았을 것이다. 승산 없는 도전이다. 하지만 물러날 수도 없다.

병구는 아이들을 일렬로 세우더니, 숯을 꺼내서 얼굴은 물론 목까지 칠해 준다. 모두 순식간에 검정개가 된다. 이왕 이렇게 된 거……. 아이는 같은 조에 편입된 용득이를 재촉하여 앞으로 나간다. 밭 가장자리 부근에는 잘 익은 참외가 드물다. 익은 참외는 원두막에서 먼 곳부터 따게 마련이다. 드디어 돌격조 아이들이 밭고랑을 기기 시작한다. 참외가 달빛을 받아 희뜩희뜩 빛난다. 세상은 쥐 죽은 듯 고요하다.

"웬 놈들이냐!!!" 고함소리가 고요하게 내리던 달빛을 찢어발긴다. 천둥소리보다 더 크다. 재실영감의 벼락이 떨어진 것이다. 벼락과 앞서거니 뒤서거니 원두막을 내려오는 발자국 소리가 요란하다. 올게 왔다. 아이가 벌떡 일어나 뛰기 시작한다. 자루니 뭐니 챙길 틈도 없다. 옆에 있던 용득이도 뒤따라 뛰기 시작한다. 여기저기서 돌격조 아이들이 밭을 가로질러 달리는 게 어렴풋이 보인다. 아이의 머릿속엔 오로지 '잡히면 죽는다'는 생각뿐이다. 밭 가장자리로 거의 나왔을 때 투둑! 하는 소리가 들리더니 뒤를 따라오던 용득이가 그대로 나뒹군다. 참외덩굴에 발이라도 걸린 모양이다. 아이는 뒤도 돌아보지 않고 달린다. 달리면서 '서리 수칙'을 다시 한번 되뇐다. "도망치다 넘어진 놈은 반드시 잡힌다. 구하려고 하다가는 같이 잡힌다." 망을 보던 아이들과 다른 돌격조는 이미 흔적도 없다.

"이게 어쩐 일이라냐? 그 양반이 참외를 다 보내고……? 그것도 이렇게 말짱한 놈들로……." 이제나저제나 떨어질 벼락을 걱정하며 방에 틀어박혀 있던 아이는, 할머니의 새된 목소리에서 참외란 단어가 들리자 벌떡 일어나 문구멍으로 내다본다. 할머니는 심부름 온 사람으로부터 참외가 가득 든 함지박을 받아 들고 어쩔 줄 몰라 한다. 부엌에서 나오던 어머니를 보자 할머니의 목소리가 반색을 띤다. "애, 이것 좀 봐라. 별 일도 다 있다. 재실양반이 이걸 다 보냈다." "예? 큰아버님이요?" 어머니는 할머니와 참외 함지박을 번갈아 보면서 더 이상 말을 잇지 못한다. 알다가도 모를 일이다. "잡힌 용득이가 틀림없이 불었을 텐데. 큰할아버지가 충격으로 돌기라도 했나?" 아이는 그날 배가 터지도록 참외를 먹었다. 그리고 아이의 '서리 시대'는 그날로 마감됐다.

그 시절, 농촌에는 원두막이 무척 흔했다. 원두막은 참외나 수박, 혹은 사과 같은 과일을 훔쳐 가는 걸 감시하기 위해서 밭 가장자리에 만들어 놓은 망루를 말한다. 정자와 혼동하기도 하지만 근본적으로 다르다. 원두막은 원두(園頭)라는 말에서 왔다고 한다. 원두는 밭에 심어 기르는 참외, 오이, 수박, 호박 따위를 통틀어 이르는 말이다. 원두막은 굵은 기둥 4개를 세우고 서까래를 얹은 뒤 짚으로 이엉을 엮어 지붕을 덮는다. 지붕 아래로 굵은 통나무로 틀을 만들고 판자를 깔면 완성된다.

원두막이 참외나 수박을 지키기 위해 만들어졌다고는 하지만, 각박함을 상징하는 것만은 아니었다. 밭 주인은 동네 아이들이 참외 몇 개쯤 따 가는 건 못 본 척 눈감아 주기도 했다. 애들 역시 재미로 서리를 할 뿐, 참외나 수박 농사를 망

칠 만큼 따 가는 경우는 없었다. 남의 집 수박에 말뚝을 박는단 말도 있었지만, 그런 건 정말 엉덩이에 뿔 난 놈들이나 하는 짓이었다. 대부분이 한 집안이고 이웃인 시골 동네에서 그런 짓은 용납되지 않았다. 스릴을 즐기기 위한 일종의 놀이가 서리었다. 원두막은 동네 사람들의 만남의 장소이기도 했다. 들에서 일을 하다가 쉴 참에는 원두막에 모여 앉아 막걸리 잔을 나누기도 했다. 원두막은 사방이 뚫려 있어 시원할 수밖에 없었다. 그래서 길손들이 참외며 수박을 사 먹으며 땀을 들이며 쉬어 가는 곳이기도 했다.

그런 원두막을 언제부터인가 보기 쉽지 않게 되었다. 농사가 줄어드는 등 여러 가지 이유가 있겠지만, 주원인은 참외, 수박이 대부분 비닐하우스 안으로 들어갔기 때문일 것이다. 서리라는 단어도 거의 잊혀졌다. 인심이 각박해질 대로 각박해진 지금, 서리는 도둑질과 동일 행위가 된 지 오래다. 무엇보다도 농촌에는 참외나 수박밭에 몰래 기어들어 갈 만한 아이들이 거의 없다. 누구로부터 무엇을 지키겠다고 원두막을 지을 것인가.

섶다리

강마을 사람들의 유일한 통로

여행을 일삼아 다니다 보면 여러 번 찾게 되는 동네가 생기게 마련이다. 내겐 해남, 강진, 보성, 순천을 아우르는 남도 땅과, 발 닿는 곳 모두가 감동인 변산반도가 그런 곳이다. 영월, 정선, 평창 역시 돌아서면 그리워지는 곳 중 하나다. 집을 나서는 순간 고생일 수밖에 없는 한겨울에, 영월까지 발걸음을 한 건 섶다리를 보기 위해서였다. 섶다리는 눈이 내릴 때 찾아가는 게 제격이다. 하늘과 땅이 경계선을 지울 만큼 온 세상이 흰 눈으로 가득 찬 날, 다리 위를 걸어가는 촌부가 있는 풍경은 황홀할 만큼 아름답다. 하지만 찾아간 날은 눈이 오기는커녕 빤빤한 하늘이 야속할 뿐이었다.

영월군 주천면 판운리. 섶다리로 이름을 알린 동네답지 않게 적막에 싸여 있었다. 산촌에는 어둠이 일찍 내린다. 그래서인지 점심 먹은 배가 꺼지기도 전에 노루꼬리만큼 남았던 햇살이 슬그머니 자취를 감춘다. 낮술이 거나한 사내가 가게에서 나와서 괴춤을 내리더니, 잠시 뒤 부르르 몸을 떨며 신작로를 가로지르는 것만이 유일하게 움직이는 풍경이다. 그런 고요는 이유 없이 안도감을 준다.

산과 물로야 그 어느 곳도 부럽지 않은 영월이지만, 주천 판운리는 그중에서도 발군이다. 오대산에서 발원한 평창강 물이 불어나서 제법 강으로서의 모양새를 갖추기 시작하는 곳이기도 하다. 이곳에서는 해마다 강물이 줄고 찬바람이 불기 시작하는 늦가을에 강 이쪽저쪽을 잇는 섶다리를 놓는다. 섶다리라는 이름은 풋나무나 물거리(잔가지처럼 부러뜨려서 땔 수 있는 나무) 같은 섶나무를 엮어서 만들었다 해서 붙여진 것일 게다. 다리를 놓을 때는 마을의 노소가 모여 공동작업을 한다.

원래 섶다리는 겨울을 나고 이듬해 장마철이 되면 불어난 물살에 떠내려가는 '이별 다리' 다. 하지만 요즘은 장마가 시작되기 전에 거둬들여 가을에 다시 쓴다고 한다. 판운리에서도 도로가 뚫리고 시멘트 다리가 생겨나면서 섶다리가 자취를 감췄었다. 튼튼한 다리가 있으니 해마다 애써 다리를 놓을 필요가 없었던 것이다. 그러다가 몇 해 전부터 마을 사람들이 뜻을 모아 다시 섶다리를 놓기 시작했다. 시멘트 다리에 비하면 불편하기 짝이 없지만, 자연과 어우러진 섶다리는 그 어느 곳에서도 볼 수 없는 아름다움이 있다.

섶다리는 설계도가 없다. 하지만 다리를 놓는 과정은 오케스트라처럼 정교하다. 우선 넓적한 돌을 골라 강 양쪽에 쌓는다. 이것을 '선창 놓기' 라 한다. 이 작업이 끝나면 본격적으로 다리 놓기에 들어가는데, 먼저 Y자 모양의 튼튼한 나무 2개를 거꾸로 물속에 박아 다릿발(교각)을 세운다. 양쪽 강변에서 강심 쪽으로 작업을 해 나간다. 다음으로 다릿발에 맞도록 홈을 뚫은 통나무(머기미)를 양쪽 다릿발 머리에 끼우고 쐐기를 박아서 고정시킨다. 섶다리의 특징 중 하나가 이렇게 못을 치지 않고 나무를 서로서로 맞춰서 만드는 것이다. 다릿발이 모두 완성되면 그 위에 긴 통나무(널래)를 놓고 묶어서 고정시킨다. 즉, 다리 상판을 놓는 것이다. 마지막으로 널래 위에 소나무가지를 골고루 펼쳐 놓고 흙을 덮어 꼭꼭 밟는다. 소나무가지는 푸른빛을 꽤 오래 간직하기 때문에 시각적 효과도 좋다. 이렇게 놓은 다리는 걸어갈 때 조금씩 출렁거리는데, 생각보다는 튼튼한 편이다.

섶다리는 강을 끼고 사는 사람들에게 바깥나들이를 할 수 있는 유일한 통로였다. 그러니 정성 들여 만들고 애지중지하는 게 당연했다. 섶다리는 우리 전통사회에서 다리 이상의 역할을 했다. 질서와 인간성 교육의 수단이기도 했다. 섶다리를 이용하기 위해서는 양보와 포용, 그리고 예의가 필수항목이다. 섶다리는 폭이 좁기 때문에 중간에서 다른 사람을 만나면 비껴가기가 난감하다. 따라서 강 양쪽에서 건널 사람이 동시에 있을 경우 어느 한쪽이 기다려야 한다. 그럴 땐 연장자가 먼저 건넌다. 또 짐을 졌거나 보따리를 머리에 인 사람을 우선 건너도록 배려했다. 몸이 불편한 사람이나 아이를 업은 사람도 마찬가지였다. 섶다리에 웃지 못 할 사연도 많았다고 한다. 장에 나갔던 어른이 술 한 잔 걸친 김에 팔자걸음으로 신고산이 우르르르~ 흥얼대다가 다리 아래로 떨어지는 일도 그중 하나였다. 그래도 장마철 외에는 강이 그리 깊지 않아 큰 사고로 이어지는 일은 드물었을 것이다.

섶다리가 판운리에만 있는 것은 아니다. 같은 영월군 주천면에만 해도 주천리와 건너편 신일리 사이를 잇는 쌍섶다리가 있다. 이곳엔 주천강이 흐른다. 쌍섶다리는 이곳이 유일하다. 이 다리에는 비극의 소년 왕 단종과 관련된 사연이 서려 있어 그 앞에 서는 사람들을 숙연케 한다. 300년이 넘는 전통을 가진 이 쌍섶다리 역시 시대의 급류에 휩쓸려 사라졌다가 근래에 다시 부활됐다. 이 밖에도 반딧불이 축제가 열리는 무주 남대천, 메밀꽃 축제가 열리는 봉평, 동강이 굽이쳐 흐르는 정선 등에도 섶다리가 놓여진다. 이젠 섶다리가 일종의 관광상

품이나 지역 축제의 소품으로 각광을 받고 있는 것이다.

이 마을과 저 마을을 잇고 사람과 사람 사이의 소통을 담당하던 섶다리 본래의 역할은 사라져 버린 셈이다. 그렇다고 이만큼 흘러 버린 세월을 거슬러 오를 방법도 없으니 어쩌랴. 겨울 강가에서 바라보는 섶다리는 가슴이 시릴 정도로 아름답다. 찬바람에 사위어 가는 억새밭에 앉아 꽤 오랫동안 사색의 늪을 허우적거린다.

기행 수첩

판운리 섶다리와 주천리 쌍섶다리는 서로 지척에 있습니다. 그런데 판운리에는 오대산에서 발원한 평창강이 흐르고 주천리에는 태기산에서 발원한 주천강이 흐릅니다. 이 두 강이 영월군 서면에서 만나 서강을 이루고 이 서강과 정선에서 흘러나오는 동강이 만나 남한강이 되지요. 남한강과 북한강이 만나서 한강이 된다는 사실이야 누구나 아는 것이고요. 이렇게 뿌리를 찾아가다 보면 하나가 아닌 게 없습니다. 처음 영월에 갔을 땐 주천리 쌍섶다리를 보지 못하고 왔습니다. 판운리를 찾아가는 길에 주천리를 경유했는데도 말입니다. 사전 정보도 별로 없었던 데다 시간에 쫓겼기 때문에 꽤 먼 곳에 있으리라 지레 짐작하고 포기한 것입니다. 그래서 여행은 충분한 정보를 가지고 가는 게 좋습니다. 다음에 다시 찾았을 때, 쌍섶다리가 코앞에 있었다는 것을 알고 기막혀 하기도 했습니다. 영월 서강에 가면 단종 유배지인 청령포와 선돌, 선암 마을의 한반도 지형을 들러 보라고 권하고 싶습니다.

대장간

화덕 있던 자리엔 찬바람만

조씨네 대장간은 거북고개 끄트머리에 자리 잡고 있었다. 대장장이 조씨의 집이자 일터인 대장간은 누가 파먹고 버린 게딱지처럼 납작 엎드려 있었기 때문에, 눈 밝지 못한 외지 사람은 그냥 지나치기 일쑤였다. 하지만 그 움막 같은 대장간에도 막상 들여다보면 필요한 건 모두 있었다. 마을에 들어오는 사람들은, 웃통을 벗어부친 조씨가 땅땅거리며 쇠를 아우르거나 치익치익 담금질하는 장면을 볼 수 있었다. 담배 한 대 물고 먼 하늘을 멀거니 바라보는 조씨의 모습도 그리 낯선 것은 아니었다. 그러다 눈이라도 마주치면 아는 사람이든 모르는 사람이든 씨익~ 한번 웃어 주는 게 그의 인사법이었다.

조씨는 홀아비였다. 원래 홀아비였던 것은 아니고, 그의 아내가 어느 날 새벽 갓난아이를 남겨 두고 홀연히 사라진 뒤 그리되었다. 어른들은 조씨가 좀 모자

랐기 때문에 그의 아내가 바람이 나서 도망갔다고 했다. 그래서 아이는 꽤 오랫동안 '모자라다'는 말이 '착하다'는 말과 같은 뜻인 줄 알았다.

대장장이 조씨가 젖동냥으로 키운, 아내가 떨어트려 놓고 간 혈육은 자라면서 자연스럽게 그의 조수가 되었다. 조씨의 '둘도 없는 조수' 만복이는 아이와 동갑이었다. 만복이는 학교에 다니지 않았다. 대신 대장장이 아버지로부터 풀무질하는 법이나 쇠 잡는 법을 배웠다. 아이는 학교에 가지 않아도 되는 만복이가 마냥 부러웠다. 하지만 누룽지 따위를 준다고 해서 역할이 바뀌질 수는 없었다.

아이는 학교에서 돌아오는 길에 자주 대장간에 들렀다. 어린아이가 대장간에 볼 일이 있을 턱은 없었다. 대장간 앞에 멀찌감치 쪼그리고 앉아서 대장장이가 일하는 모습을 하염없이 바라보고는 했다. 아이 눈 속에 들어온 조씨는 마술사

였다. 뭉뚱그려지고 닳아 못 쓸 것 같았던 낫이나 괭이나 도끼, 보습이 그의 손을 거치면 날이 씽씽하게 선 새것이 되었다. 아이는 그 과정이 좋았다. 쓸모없을 것 같았던 쇳덩이가 괭이가 되고 칼이 되는 과정을 보는 건 산수 문제를 풀고 국어책을 읽는 것보다 훨씬 재미있었다. 푸른 불꽃 속에 몸을 담그고 나온 쇠는 아름다웠다. 쇳덩이를 앞에 두고 웃옷을 벗어 던질 때마다 조씨의 어깨와 팔뚝의 근육들이 아우성치며 일어섰다. 아이는 그럴 때마다 눈을 질끈 감았다.

화덕에서 벌겋게 달구어진 쇠를 집게로 꺼내어 모루 위에 얹어 놓고 쇠메를 내리치며 모양을 만들어 나갈 땐 오줌이라도 질금질금 지릴 것 같았다. 하지만 아이는 끝까지 자리를 뜰 수 없었다. 조씨의 작업은 단조로운 반복이었다. 쇠메질을 어느 정도 하면 물에 담그고, 식으면 다시 화덕에 넣어 풀무를 돌리고, 달궈진 다른 쇠를 꺼내어 쇠메질을 하고……. 그런 과정을 반복해서 원하는 모양이 갖춰지면 숫돌에 갈아 날을 세우고 자루를 끼우면 낫이나 도끼가 되었다. 그렇게 쇠를 밀가루 반죽 주무르듯 하는 과정 속의 조씨는 마치 신을 만나는 무당 같았다. 아무 잡념도 번뇌도 없는, 무아지경 속에 있는 것처럼 거룩한 얼굴이었다.

아이는 커서 대장장이 조씨를 떠올릴 때마다, 그는 어쩌면 쇠를 두드린 게 아니라 자신의 인생을 두드리고 담금질하고 있었던 게 아닐까 하는 생각이 들고는 했다. 살아도 살아도 헛헛하기만 한, 가슴속의 구멍을 메우기 위해 그렇게 두드려 대고 있었던 건 아닐까.

아이가, 성인이 되어도 스러지지 않는 그리움을 안고 고향을 찾아갔을 때 대장간은 흔적조차 찾을 수 없었다. 움막과 풀무와 모루, 그리고 조씨와 그의 아들 만복이가 있던 자리에는 풀만 무성하게 자라 바람결에 고개를 휘휘 내젓고 있었다. 그들이 존재했다는 사실 자체를 부인이라도 하듯……. 어느 시골마을이나 그렇듯, 지나다니는 강아지 한 마리 없어 그들의 행방을 물을 길도 없었다. 어른이 된 아이는 하릴없이, 이제 이 나라에서 대장장이를 찾기란 바다에서 바늘을 찾는 것만큼이나 쉽지 않겠다는 생각을 했을 뿐이다.

기행 수첩

전통을 간직한 대장간을 만나기란 쉽지 않습니다. 물론 용인 민속촌 같은 곳에 가면 대장간이 있고, 직접 농기구 등을 만들기도 하지만 '견학용'이라는 선입견을 지우기는 쉽지 않습니다. 구례 화개장터 대장간은 그런 '꾸밈'이 덜해서 꽤 오랫동안 옛 생각에 젖어볼 수 있었습니다. 우연히 들렀던 시골 이발소의 주인아저씨가, 자신의 친구 집이라고 소개해줘 찾아간 평창의 대장간은 온갖 전통적인 농기구를 만들어 팔고 있었습니다. 그런데 시설이 너무 현대화되어 있었습니다. 화덕엔 불이 꺼져 있고, 눈치로 보니 주인이 식사 중인지라 사진 몇 컷만 찍고 돌아섰습니다. 제 사진을 위해서 불을 피워 달라고 할 염치가 없었습니다. 서울에도 대장간은 있습니다. 그중에서도 특히 수색역에 바짝 붙어 있는 '형제 대장간'이 유명합니다. 전통적인 맛도 꽤 있습니다. 제가 찾아갔을 때는 밀려드는 손님에 눈코 뜰 새 없이 바빴습니다. 마침 형님 되시는 분이 다쳤다고 해서, 형제가 함께하는 '메질'은 보지 못하고 돌아왔습니다.

보리밭

풀수록 신나는 추억보따리

보릿대가 파란빛을 잃어 갈 무렵, 박치규 선생님이 아이가 사는 마을에 나타났다. 아니, 나타난 정도가 아니라 생쥐 풀방구리 드나들 듯 출입이 잦아졌다. 그는 아이가 다니는 읍내 고등학교에서 영어를 가르치는 총각 선생님이었다. 아이의 상식으로 박치규 선생님이 그 동네에 출현할 이유는 눈곱만치도 없었다. 고등학교에서 가정방문이 있을 턱도 없었지만, 설령 그런 게 생겼다고 해도 눈치 빠른 아이가 모를 리는 없었다. 그럼 그렇지. 소문은 보릿대를 흔들며 지나는 바람을 타고 금세 온 동네에 퍼졌다. 선생님이 맞선을 본 여자가 아이의 동네에 살고 있다는 사실과, 그 주인공이 다름 아닌 빨간 기와집 순자 누나라는 소식이 앞서거니 뒤서거니 담을 넘었다.

그뿐이 아니었다. 정말 흥미 있는 소문은 두어 주일이 지날 무렵 동네친구 상길이가 전해줬다. 상길이는 그날따라 아주 은밀한 목소리로, 아끼던 엿이라도 떼어 주듯 그 소식을 전했다. 박치규 선생님이 동네를 다녀갈 때마다 보리밭에 이상한 일이 생긴다는 것이었다. 이유 없이 밭 한가운데의 보리들이 땅바닥에 눕기도 하고, 사람 한둘이 누울 만한 공간이 생기고……. 그날 이후에도 소문은 꼬리에 꼬리를 물고 골목길을 배회했다. 누군가가 박 선생님과 순자 누나가 보리밭에서 같이 나오는 걸 봤다느니, 그때 순자 누나의 옷에 검불이 잔뜩 묻어 있더라느니……. 그해 가을, 박 선생님과 동네에서 가장 예쁜 처녀 순자 누나가 결혼식을 올렸다. 그로부터 꼭 여섯 달이 지난 뒤 순자 누나가 자기보다 더 예

쁜 딸을 낳았다는 소식이 바람결을 타고 들려왔다.

1960~1970년대에 농촌에서 유년기를 보낸 사람들에게, 보리밭은 배고픈 기억과 신나는 추억이 함께 튀어나오는 이야기보따리일 것이다. 보리밭은 혹독한 겨울의 추위 속에도 푸르름을 잃지 않는다. 여리고 때로는 지나는 바람에도 흔들리지만 결코 꺼지지 않는 민초들의 희망처럼. 봄이 되면 잔설을 뚫고 웅성웅성 올라오는 보리들 사이로 달래, 냉이 등 봄나물이 얼굴을 삐죽 내민다. 바구니 옆에 끼고 나물 캐는 보리밭의 누이들은 진달래보다 더 아름다웠다. 보리가 조금 자라면 보리피리를 만들어 불었다. 보리밭 그 어디선가 총알처럼 솟아오르는 종달새를 보며, 하늘을 나는 꿈을 꾸기도 했다. 지난 가을 갈무리해 둔 양식이 떨어지고 뱃가죽이 등에 닿을 무렵이면 잊지 않고 보리는 익어 갔다. 아이들은 자나 깨나 배가 고팠다. 밀서리, 보리서리에 하루해가 짧은 아이들의 입 주변은 늘 거뭇거뭇했다.

지금은 농촌에 가도 보리를 보기 쉽지 않다. 거의 심지 않기 때문이다. 보리밥을 먹는 집이 거의 없으니 수요가 적어지기도 했지만, 벼를 벤 자리에 보리를 뿌리는 이모작을 할 만큼 그악스럽게 농사를 지을 사람도 없는 게 농촌의 현실이다. 그래도 남도 땅에는 아직 보리밭의 정취가 남아 있다. 경남 하동이나 전남 보성, 벌교, 순천 등의 넓은 벌을 지나노라면 바람에 일렁이는 보리가 손짓하는 것을 볼 수 있다. 보리타작을 할 무렵에는 온 들이 매캐한 연기로 가득 찬다. 보릿짚을 태우는 연기다. 길가에 서서 지켜보노라면 그 연기 속에서 뭉글뭉글 형상화된 추억이 성큼성큼 걸어 나온다. 박치규 선생님이나 순자 누나, 그리고 나물 뜯던 누이들, 장난꾸러기 상길이가 손을 흔들며 다가온다.

기행 수첩

제가 아는 한, 단일 규모로 국내에서 가장 큰 보리밭은 전북 고창에 있습니다. 학원농장이라는 이름의 보리 전문 농장입니다. 단순히 수확을 목적으로 농사짓는 곳은 아니고, 일종의 관광용 농장이라고 보면 됩니다. 누구든 그곳에 가면 한없이 넓게 펼쳐진 청보리의 물결에 탄성을 감추지 못합니다. 밭둑길로 걸어가다 보면 윤용하가 작곡하고 박화목이 작사를 한 〈보리밭〉이란 노래가 저절로 나옵니다. "보리밭 사이 길로 걸어가면 뉘 부르는 소리 있어 나를 멈춘다…… 돌아보면 아무도 보이지 않고 저녁놀 빈 하늘만 눈에 차누나" 보리밭은 파란 보리들이 한참 키 재기를 하는 3월에서 5월 중순 사이가 가장 아름답습니다. 이곳에서는 4~5월에 '청보리 축제'를, 9월에 '메밀 축제'를 엽니다. 인근에 선운사와 고인돌 유적지 등 볼거리가 많고 바다도 지척이어서 연인이나 가족들과 찾아보기에 알맞은 여행지입니다.

돌담

빈터엔 잡초만 무성하고

돌담에 속삭이는 햇발같이

풀 아래 웃음 짓는 샘물같이

내 마음 고요히 고운 봄 길 위에

오늘 하루 하늘을 우러르고 싶다.

영랑 김윤식의 시 〈돌담에 속삭이는 햇발〉의 첫 구절이다. 눈을 감고 가만가만 읊조리다 보면, 눈물 한 방울 찔끔 솟아오르고, 마음은 육신을 벗어나 어느새 고향으로 내닫는다. 이 비정한 회색 도시에서 오늘도 견디며 살 수 있게 하는 것은, 그나마 가슴에 지닌 그리움이 있기 때문일지도 모른다. '돌담에 속삭이는 햇발…….' 괜히 간지럽고 기쁘고 슬프고 어지럽고……, 조금은 은밀함까

지 내포한……. 돌담은 그런 복합적 서정을 품고 있다.

마을마다 어지간하면 앞자락에 크고 작은 내 하나씩을 끼고 있었다. 거기서 건져 올린 아이들 머리만 한 호박돌이 돌담을 쌓는 재료였다. 하기야 산에서 굴러 내려온 막돌이나 밭에서 캐낸 잡석인들 돌담의 재료로써 모자람이 있으랴. 시골 마을 대부분의 집들은 그만그만한 돌담으로 네 집 내 집을 구분했다. 한 집의 담을 따라서 가면 또 다른 집의 돌담이 이어지고 그렇게 어깨를 겯고 달리며 한 동리를 이루고 살았다. 여린 백성들이 사는 마을의 돌담은 솟을대문 우뚝한 대갓집의 담처럼 배타적이지 않았다. 집안과 밖을 가르기 위한 경계라기보다는 그저 최소한의 영역을 구분하는 선 같은 존재였다.

집과 집 사이에 쌓은 돌담은 그리 높지 않아 이웃 간에 정을 나누기에 딱 알

맞았다. 아낙들은 담을 사이에 두고 낭자한 수다를 아끼지 않았다. 금방 캐온 쑥을 넣고 버무리를 찐 날이면 식기라도 할세라 순자야! 철수야! 불러서 넘겨주고 받고는 했다. 겨울 한낮, 방학을 맞은 아이들은 약속하지 않아도 돌담 앞에 옹기종기 모여들었다. 햇살은 돌담을 사랑했다. 돌담 앞에 머물며 따뜻하고 고운 손길로 오래 애무했다. 겨울바람도 돌담을 감싸 안은 햇살 앞에서는 칼날을 거두고 얌전해졌다. 아이들은 돌담 아래서 딱지도 치고 구슬치기도 하고 팽이도 깎았다. 어른들이 안 보일 땐 킬킬거리며 담배도 한 모금씩 빨아 보고 닭서리를 모의하기도 했다.

아이들뿐이 아니었다. 동네 어르신들에게도 양지 바른 돌담은 만남의 장소이자 놀이터였다. 곳방울 벌름거리며 곰방대 한입 베어 물면 연기 한 줄기 푸른 꼬리를 남기며 하늘로 올랐다. "내 소싯적에는……" 노인들은 이야기 속에서 만주 벌판을 달리기도 하고 종로 뒷골목의 주먹패가 되기도 했다. 가끔은 막걸리, 두부 내기 윷놀이 한판에 동네가 떠내려갈 듯 흥에 겨웠다.

그런 돌담이 어느 순간부터 시멘트 벽돌담으로 바뀌기 시작했다. 그에 맞춰 농촌에서 어촌에서 사람들이 떠나기 시작했다. 담이 높아지는 것과 비례해서 골목에서 아이들의 힘찬 목소리가 잦아들기 시작했다. 돌담이 무너져 간 빈터에 잡초만 무성한 지금 '영랑의 햇발'은 어느 곳에서 누구에게 낮은 목소리로 속삭이고 있을까.

초가집

가슴에 펄럭이는 고향의 깃발

마당가의 붉은 대추만큼이나 물씬 익은 가을이 하늘을 저만치 밀어냈다. 둥실둥실 떠다니는 흰 구름은 매스게임이라도 하듯, 쉴 새 없이 각종 모양을 만들어 낸다. 아이가 든 주전자가 햇빛을 받아 반짝, 화살 같은 빛을 되쏜다. 아이는 주전자 속의 막걸리가 엎질러지기라도 할세라 조심조심 걷는다.

오늘은 아이 집에서 지붕을 올리는 날이다. 지붕 올리는 날은 온 가족이 눈코 뜰 새 없이 바쁘다. 그래서 아이도 막걸리 심부름을 나선 참이다. 아이의 아버지는 추수가 끝나면서 마당 한쪽에 쌓아둔 짚단 옆에서 이엉을 엮기 시작했다. 그렇게 엮은 이엉둥치들이 마당을 그득하게 메울 무렵, 동네 아저씨들이 이른 아침부터 아이 집에 모여들었다. 농투사니(농투성이)라면 이엉쯤 혼자 엮는 건 일도 아니지만, 지붕을 올리는 일은 혼자 할 수 있는 게 아니다.

아이가 집에 도착했을 때는, 어느새 이엉이 다 얹어지고 용마름 덮는 작업이 한창이다. 용마름은 이엉이 맞닿는 마루를 덮는 것으로 초가를 이는 과정에서 가장 중요한 작업이다. 아저씨들은 미리 연습이라도 한 듯 손발이 척척 맞는다. 용마름을 다 덮으면, 이엉이 바람에 날아가지 않도록 새끼줄로 고삿을 맨다. 아저씨들이 일을 다 마치고 내려오자 새로 얹은 지붕이 보름달처럼 훤하게 빛난다.

"초가집도 없애고 마을길도 넓히고~" 오랜 세월 이 나라 백성들을 포근히 감싸 안아 주던 초가집은 1970년대 〈새마을노래〉 2절과 함께 우르르 사라졌다. 그래서 농촌에서도 둥그런 초가지붕 대신 울긋불긋한 함석이나 슬레이트 지붕이 주인 노릇을 하게 되었다. 편리하기로야 매년 바꿔 줘야 하는 초가집이 반영구적인 함석집을 따를 수 있으랴.

하지만 세상살이가 어찌 편리함으로만 재단될 수 있을까. 초가지붕은 지붕 이상의 의미를 지니고 있었다. 이 땅에서 태어나고 이 땅에 묻힌 사람들과 긴 세월을 함께해 온 초가지붕은 잘난 체하지 않는 겸손함을 지녔었다. 멀리서 보면 둥그런 앞산, 뒷산과 어찌 그리 닮았는지. 산이 지붕이고 지붕이 산이 되어 서로 얼싸안고 내달았다. 초가나 산이나, 고난 속에서도 둥글둥글한 심성을 잃지 않았던 이 땅의 사람들을 닮았다. 초가집은 배타적이지 않았다. 생김새만큼 품도 넓어서 모든 걸 끌어안을 줄 알았다. 지붕 속에는 참새가 둥지를 틀었으

며, 업이라 불리는 구렁이가 상주하기도 했다. 오래된 지붕을 헐어 보면 손가락만 한 굼벵이들이 주인 노릇을 하고 있었다.

초가지붕은 실용성으로 따져도 뛰어난 점이 많았다. 속이 비어 있는 볏짚은 공기를 머금기 때문에 여름에는 햇볕의 열기를 차단해 주고 겨울에는 온기가 새어나가는 것을 막아 준다. 또 볏짚은 표면이 비교적 매끄러워서 빗물이 잘 흘러내리므로 두껍게 덮지 않아도 비가 새지 않는다. 하지만 그런 것보다 더 중요한 게 있다. 초가집은 떠올리는 것만으로도 가슴을 따뜻하게 데워 주던 어머니의 흰머리 같은 존재였다. 때론 고향을 상징하는 깃발과도 같아서, 몸은 냉혹한 도시에 있어도 가슴속에서 항상 펄럭거리며 용기를 북돋워 주었다. 그 덕분에 세파에 차여 넘어졌다가도 다시 일어나 세상을 뜨겁게 끌어안을 수 있었다. 고향으로 가는 길, 언덕에 올라 저녁연기 모락모락 피어오르는 초가지붕을 보노라면 가슴이 울컥 뜨거워졌던 기억이 어찌 한두 사람만의 소유일까.

반강제적 지붕 개량 사업이 아니었더라도 지금까지 초가집이 남아 있을 리는 없다. 그러잖아도 일손이 없는 농촌에서 해마다 초가지붕을 올릴 방법이 없기 때문이다. 하지만 세월이 아무리 흘러도 초가지붕의 그 따뜻한 발색, 부드러운 곡선이 주던 따뜻한 느낌은 잊을 수 없을 것 같다.

장독대

끝내 지켜 내던 가문의 상징

#1

아버지가 집을 떠나고 난 뒤, 뒤란 우물 곁 장독대(고향에서는 장광이라 불렀다)에 놓인 독과 항아리* 들은 더욱 빛났다. 어머니는 조금의 틈만 있으면 장독대에 가서 살았다. 이른 아침에 수건을 머리에 쓰고 밭으로 나가기 전에도, 하루 종일 뙤약볕에 시달리고 해거름에 집에 돌아와서도 장독대를 먼저 찾았다. 그리고는 티베트 사람들이 마니차(法輪, 불경이 새겨진 불구. 안에 경문이 들어 있는데 마니차가 한 번 돌아갈 때마다 경을 한 번 읽은 것이라고 한다)를 돌리듯 독들을 정성스레 닦았다. 그 모습은 어린 내 눈에도 너무 경건해 보여서, 아무리 배가 고파도 징징거리며 달려들 수 없었다. 독들은 날이 갈수록, 어머니의 한숨이 깊고 길어질수록 반짝거리며 빛났다.

#2

일가족이 태자리를 뒤로 하고 고향을 떠날 때 나는 초등학교 5학년이었다. 있어도 그만 없어도 그만인, 자질구레한 세간을 실은 손바닥만 한 트럭에 어머니가 타고 먼저 떠난 뒤 할머니와 나, 동생은 새로운 삶의 터전을 찾아 길을 걷기 시작했다. 철없는 어린 동생도 그날은 아무 말 없이 먼지가 풀풀 나는 신작로를 내쳐 걷기만 했다. 우리 가족을 그냥 보내기 아쉬웠던 명원네 대모가 항아리를 하나 머리에 이고 뒤를 따랐다. 트럭 위에도 대모의 머리에도 선택받지 못한 독과 항아리 들은 사람이 더 이상 살지 않는 집에 남았다. 대모가 머리에 인 항아리는 할머니, 어머니가 가장 아끼던 것들 중 하나였다. 쏟아진 햇살은 항아리 위에서 연신 자반뒤집기를 했다. 나는 자꾸만 눈을 깜박거렸다.

독과 항아리를 닳도록 닦던 어머니나, 항아리를 이고 먼 길을 걸어간 어른들 심정을 조금이라도 이해할 수 있게 된 건 세월이 한참 흐른 뒤였다. 내가 깨달은 장독의 의미는, 한 집안이 여전히 존재하고 있음을 상징하는 증표였다. 그 구성원들이 세워 놓은 깃발이었다. 비록 경제적 곤궁과 뺨을 할퀴어 대는 시절의 삭풍에 가족들이 뿔뿔이 흩어질지라도, 유리왕자의 '부러진 단검' 처럼, 장독대가 존재했다는 증표 하나쯤은 품고 가야 했다.

* 독과 항아리 : 고고학에서는 크기와 상관없이 속이 깊고 아가리가 큰 주발 모양의 토기를 독이라 하고, 아가리가 오므라든 모양의 토기를 항아리라 한다.

하지만 우리는 언젠가부터 장독을 잃어버렸다. 우리가 지켜 내야 할 증표를 잃어버렸다. 도시에서 장독대를 따로 두기도 쉽지 않거니와, 설령 있다고 해도 길 떠난 가장의 안전을 염원하며 장독대를 닦는 아낙 역시 없다. 요즘의 며느리들에게 장독대는 거추장스런 존재일 뿐이다. 김치는 김치냉장고 속에서 더할 나위 없이 안온하다. 플라스틱 통에 들어 있는 된장과 고추장은 세월이 가도 그 고운 빛을 잃지 않는다. 양조간장은 언제 먹어도 입에 붙을 듯 달다. 그럴 뿐이다. 새삼 서글퍼할 일은 아니다. 세월에 쫓기어 꼬리를 말고 사라진 게 어디 장독대뿐이랴. 하지만 난 매일 궁금하다. 장독대와 함께 떠나보낸 우리 고유의 정과 사랑은 지금 어느 곳을 떠돌고 있을까.

물레방아

밤이면 남몰래 나누던 사랑

"장 선 꼭 이런 날 밤이었네. 객줏집 토방이란 무더워서 잠이 들어야지. 밤중은 돼서 혼자 일어나 개울가에 목욕하러 나갔지. 봉평은 지금이나 그제나 마찬가지지. 보이는 곳마다 메밀밭이어서 개울가가 어디 없이 하얀 꽃이야. 돌밭에 벗어도 좋을 것을, 달이 너무나 밝은 까닭에 옷을 벗으러 물방앗간으로 들어가지 않았나. 이상한 일도 많지. 거기서 난데없는 성서방네 처녀와 마주쳤단 말이네. 봉평서야 제일가는 일색이었지……"

— 이효석의 〈메밀꽃 필 무렵〉 중에서

계집은 손을 빼려고 하며, "점잖으신 어른이 이게 무슨 짓이에요."

하면서도 그의 몸짓에는 모든 것을 허락한다는 뜻이 보였다. 영감은 계집의 몸을 끌어안더니 방앗간 뒤로 돌아섰다. 계집은 영감 가슴에 안겨서 정욕이 가득 찬 눈으로 그를 보면서, "영감." 말 한 번 하고 침 한 번 삼키었다. "영감이 거짓말은 안 하시지요?" "아니." 그의 말은 떨리었다. 계집은 영감의 팔을 한 손으로 잡고 또 한 손으로는 방앗간 속을 가리켰다. "저리로 들어가세요." 영감과 계집은 방앗간에서 이삼십 분 후에 다시 나왔다.

— 나도향의 〈물레방아〉 중에서

우리 문학작품이나 옛이야기 속에는 물레방아가 심심찮게 등장한다. 위의 소설들 외에도 시나 노래에 물레방아는 단골 메뉴로 등장한다. 가수 조영남이 팝송 〈Proud Mary〉를 번안해서 불렀던 〈물레방아 인생〉이라는 노래 중에 "세상만사 둥글둥글 / 호박 같은 세상 돌고 돌아……"라는 대목은 물레방아처럼 둥글둥글 살아온 이 땅 백성들의 삶을 그린 듯하다. 어차피 인생이란 물레방아처럼 돌고 도는 게 아니던가. 구비를 넘고 산모롱이를 돌아 조금씩 앞으로 나가는……. 가진 것 없고 힘도 없던 이 땅의 민초들이 욕심을 내어 본들 무엇이 달라지랴. 넘어지면 일어나서 툴툴 털고 작은 희망이라도 파종하는 수밖에.

문학작품에 등장하는 물레방앗간은 곡물을 찧는 장소 외에도 중요한 역할이 또 하나 있었다. 남녀가 사랑을 나누거나 밀회를 하는 장소로 주로 쓰였다. 〈메밀꽃 필 무렵〉의 주인공 허생원이 나눴던 하룻밤 사랑이 그랬고, 〈물레방아〉의 신치규가 남의 여자를 상대로 욕망을 푼 곳 역시 물레방앗간이었다.

문학작품뿐 아니라 현실에서도 그런 일은 심심찮게 일어났을 것으로 짐작이 간다. 밀회를 위한 장소로 물레방앗간만 한 게 있을 리 없기 때문이다. 물레방아를 물길 따라 세우다 보니 마을 어귀나, 민가와 좀 떨어진 곳에 있을 수밖에 없었다. 또 잔치 같은 특별한 일이 있을 때나 방아를 찧으러 물레방앗간에 갔을 테고, 그것도 주로 낮에만 사람들이 드나들었기 때문에 남들의 눈을 피하는 데는 안성맞춤이었을 터이다. 그러니 밤이면 청춘남녀가 남들의 눈을 피해 사랑을 속삭이거나, 먼 길을 걷던 나그네나 장사치가 잠자리로 삼기에 알맞은 장소였을 것이다.

물레방아의 본래 목적은 당연히 곡물을 찧는 것이다. 구조는 크게 물레 부분과 방아 부분으로 나눠진다. 물레는 말 그대로 쏟아지는 물의 힘으로 돌아가는 수차를 말한다. 물레 좌우에 십자목을 설치하여 물레가 돌아가면서 생산한 에너지로 방아를 찧는 것이다. 방아공이와 방아 찧을 곡식을 담는 돌확은 방앗간 안에 있다.

삶의 주변에서 물레방아를 볼 수 없게 된 건 아주 오래 전부터다. 동네마다 기계식 도정 시설인 방앗간이 들어오게 되면서 대부분 퇴출되었을 것이다. 그런데 아이러니하게도 요즘은 물레방아를 보기가 그다지 어렵지 않다. 지자체에서 관광용으로 곳곳에 설치하는 것은 물론, 장식물로 세워 놓은 음식점도 많이 생겼다.

하지만 그런 것들은 반쪽짜리 물레방아일 뿐이다. '방아' 가 없이 수차인 '물레' 만 있기 때문이다. 그나마 그 물레도 물 대신 전기의 힘으로 돌아가는 게 대부분이다. 그렇게라도 볼 수 있으니 반갑다고 해야 할까. 하지만 전시용은 전시용일 뿐이다. 아무리 많이 생겨난다 해도 그 옛날 물레방앗간의 끈끈하고 은밀한 정서를 다시 볼 수는 없을 테니. 물레방앗간에서 사랑을 나눌 돌이와 순이가 도시로 떠난 지 오래이거늘.

기행 수첩

'진짜' 물레방아를 찾아 이곳저곳 돌아다녔습니다. 전기가 아니라 물로 물레를 돌리고 방아까지 찧는 물레방아를 찾기란 쉽지 않았습니다. 강원도 정선군 동면 백전리에 오래된 물레방아가 있다고 하여 물어물어 찾아갔습니다. 제가 찾아간 날은 방아를 찧지는 않았고, 물레만 거센 물줄기를 맞으며 세월을 돌리고 있었습니다. 이 백전리 물레방아(강원도 민속자료 제6호)는 1900년경에 만들어졌으며 우리나라에 남아 있는 물레방아 중 가장 오래된 것이라고 합니다. 정선군과 삼척시의 경계인 산골짜기 마을에 있습니다. 정선군 동면사무소에서 동남방으로 약 12킬로미터 지점입니다. 꼬불꼬불 얼마나 한참 가는지 안내판에서 확인을 하고서도 '정말 이 길일까?' 의심하기도 했습니다. 그래도 직접 가서 보고 나면 후회하지 않습니다. 정서가 메마르지 않은 사람이라면 말입니다.

다랑논

풀밭으로 남은 민초들의 꿈

"산골짜기의 비탈진 곳에 층층으로 되어 있는, 좁고 긴 논."

다랑논에 대한 국립국어원 표준국어대사전의 설명은 간단하다. 하지만 이름은 셀 수 없이 많다. 다락논, 다랭이, 다랑전, 다랑치, 논다랑이, 다랭이논, 다락배미, 삿갓배미……. 이름만큼 사연도 구구절절 많다. 그 중 삿갓배미란 말이 생기게 된 일화는 다랑논을 구경조차 못해 본 사람에게도 고개를 끄떡이게 만든다. "옛날에 한 농부가 일을 하다가 논을 세어 보니 딱 한 배미가 부족했더란다. 세어 보고 세어 봤지만 끝내 사라진 논을 찾을 수 없었다는구나. 그래서 결국 포기하고 집에 가려고 삿갓을 들었더니 그 밑에 논 한 배미가……."

바우영감이 마을을 찾아든 건 참혹했던 전쟁이 끝나고 꽤 여러 해가 지난 뒤였다. 전쟁의 상흔이 조금씩 아물어 가고, 이 마을 저 마을을 떠돌던 상이군인들의 모습도 뜸할 무렵이었다. 영감 하나가 보따리 두어 개와 솥단지를 얹은 지게를 지고 앞장서고, 그 뒤에는 다리를 저는 젊은 아낙과 작은 아이 하나가 종종걸음으로 따르고 있었다. 가을걷이가 끝난 텅 빈 논에는 찬바람이 제법 날카로운 손톱을 내세워 볏짚더미를 훑으며 지나갔다. 그럴 때마다 냇둑의 미루나무는 빈 가지를 흔들며 휘파람 소리를 냈다.

마을에 들어선 그 낯선 일가족은 미리 알고 왔다는 듯 곧장 장부자네 집으로 향했다. 하긴 그 마을에 든 나그네라면 누구라도 기와를 번듯하게 올린, 장부자네 집을 찾았을 것이다. 그날부터 그들은 자연스럽게 마을 사람이 되었다. 어떻게 장부자의 눈에 들었는지는 모르지만, 마침 비어 있던 행랑채에서 살림을 차리게 된 것이다.

사람들은 그를 바우영감이라고 불렀다. 원래 이름이 바우였는지, 그가 그렇게 불러 달라고 했는지는 확실치 않다. 아이의 이름이 용식이였으니 용식 아버지라고 부를 법도 하건만 어른이나 아이나 하나같이 바우영감이라고 불렀다. 하긴 '용식 아버지'가 되기에는 너무 늙어 보여서, 차라리 '용식이 할아버지'라고 부르는 게 어울릴 성싶었다. 바우영감은 듣지도 못하고 말도 하지 못했다. 그의 젊은 아내는 다리를 절었다. 그렇지만 그들은 성한 사람들보다 훨씬 열심히 일했다. 그들이 한가하게 쉬는 것을 구경하기란 개의 머리에 뿔이 돋는 것을 기다리는 것보다 더 어려울 듯싶었다. 어린 용식이도 앉아서 노는 법이 없었다. 갓 올라온 찔레순처럼 여리게 생긴 아이였지만 꼴머슴 몫을 제법 해냈다. 장부자로서는 똥 누다 개똥참외를 발견하듯, 앉아서 복덩이를 주운 셈이었다. 전쟁 이후 쓸 만한 머슴을 구하기가 하늘의 별 따기만큼 어려운 판이었다. 딱히 바우영감 덕분이라고 못 박을 만한 근거는 없었지만, 장부자네 논밭은 갈수록 늘어났다. 눈처럼 하얀 모시적삼을 입고 장죽을 문 장부자가 논둑 위에 서서 너털웃음을 터뜨리는 일도 잦아졌다.

그 일은, 그들 일가가 동네에서 몇 년을 지낸 뒤 시작됐다. 바우영감이 용골 들머리의 장부자네 산자락을 파헤치고 있다는 소문이 나돌았다. 용골은 골짜기가 꽤 깊어 평소 나무꾼 외에는 잘 다니지 않았다. 하지만 조그만 내가 흐르고 그 냇물이 모이는 곳에 용소라는, 깊이를 알 수 없다는 연못이 있어 선계(仙界)에 든 양 제법 신비스런 곳이었다. 소문은 곧 사실로 확인되었다. 바우영감이 파헤치기 시작한 곳은 볕이 제법 반반하게 드나들고 경사가 완만한 산자락이었다. 산을 어느 정도 파헤친 뒤에는 돌로 둑을 쌓아 올렸다. 그러면 제법 평평한 '계단'이 만들어졌다. 시간이 꽤 지나고서야 바우영감의 목적이 모습을 드러냈다. 쌓은 돌은 논둑으로, 파헤쳐진 곳은 작은 논으로 변모해 가고 있었다.

어른들은 바우영감이 만드는 것이 다랭이논이라고 했다. 바우영감이 그 일을 시작하게 된 뒷얘기도 입을 타고 전해졌다. 장부자 집에서 행랑아범 겸 머슴살이를 시작하고 1년이 지난 뒤 그가 간곡하게 요청

했다는 것이다. 자신들이 일한 새경을 받지 않을 테니, 몇 년이 걸리더라도 땅값만큼만 되면 용골에 있는 산자락을 떼어 달라고……. 장부자로서는 손해 볼 것 없는 거래였다. 어차피 용골 산은 빚 대신 넘겨받은 것이었고, 그 골짜기를 가 본 적도 없으니 애정이 있을 턱도 없었다. 하지만 눈 밝은 바우영감에게는 그 산자락이 금맥만큼이나 값져 보였을 것이다. 더구나 다랭이논을 만들면서도 틈틈이 장부자네 일을 해 주기로 약조까지 했으니 장부자로는 거절할 이유가 없었던 것이었다.

다랭이논을 만드는 것은 보통 일이 아니었다. 산자락 초입이야 조금만 깎아 내려도 땅을 얻기가 그리 어렵지 않았지만, 위로 올라갈수록 난공사였다. 둑은 큰 돌부터 작은 돌순으로 쌓아 올라가는데, 얼마나 촘촘한지 그야말로 '물샐 틈' 하나 없어 보였다. 위로 갈수록 석축은 높아질 수밖에 없어서 어느 곳은 어른 두어 길 폭을 내기도 했다. 그렇게 힘들게 일을 해도 얻는 땅은 말 그대로 '삿갓으로 덮을 만큼' 작았다. 큰 돌은 주로 산에서 나온 걸 썼지만 작은 돌은 대부분 지게로 져 날랐다. 그의 아내도 장부자네 부엌을 벗어날 틈만 있으면 달려가 돌을 머리에 이어 날랐고, 용식이도 망태에 돌을 날랐다. 비가 오고 바람이 불어도 쉬지 않았다.

일은 계절이 몇 번 바뀌어도 계속되었는데 사람들 눈에는 별 변화가 없어 보일 만큼 느리게 진행됐다. 그러는 동안에, 그러잖아도 늙어 보이던 바우영감은 정말 노인이 되었다. 머리에는 서리가 내려앉았고 얼굴에는 고랑이 깊게 패었다. 그렇게 시간이 가면서 제법 꼴을 갖춘 논배미들이 몇 개 태어났다. 어느 논에는 미처 캐낼 수 없었던 황소만 한 바위가 그대로 들어앉아 있고 어느 논은 손바닥보다 클 것도 없었지만, 그 속에 땀과 눈물이 얼마만큼 들어 있다는 건 누구나 알 수 있었다.

그 논에 첫 모를 내던 해 봄, 바우영감네는 용골에 움막처럼 작은 집을 짓고 이사를 했다. 그제야 장부자네 집 행랑아범과 행랑어멈, 꼴머슴을 벗어난 것이었다. 그해 가을 다랭이논의 벼가 깊이 고개를 숙인 어느 날, 동네 사람들은 모두 낫 하나씩을 들고 용골로 갔다. 반은 벼를 베고 반은 논두렁에 앉아 놀았지만, 추수는 순식간에 끝났다. 첫 해라 소출은 그리 많지 않았다. 하지만 바우영감은 끝내 볏단을 끌어안고 울음을 터뜨리고 말았다. 그의 소리 없는 통곡에 그의 아내도 울었고 그의 아들도 울었고 동네 사람들도 울었다.

그로부터 며칠 뒤, 사람들은 신발도 꿰지 못한 채 다리를 절며 고꾸라지듯 동네로 달려오는 그의 아내를 볼 수 있었다. 빈 논마다 무서리가 하얗게 내려앉은 이른 새벽이었다. 이틀 뒤 그의 지친 육신이 잠들어 있는, 장식 없는 상여는 동네를 천천히 돌아, 용골로 돌아갔다. 상여가 지나가는 동안 텅 빈 들녘엔, 처음 보는 까마귀 한 마리가 허공을 갈랐다.

기행 수첩

마음만 먹으면 다랑논은 아직도 곳곳에서 볼 수 있습니다. 하지만 상당수의 다랑논은 이미 논으로서의 역할을 마친 뒤입니다. 그나마 밭으로 바뀐 곳은 형태라도 유지하고 있지만, 대부분은 풀과 잡목으로 뒤덮여 자세히 들여다보지 않으면 한때 다랑논이었다는 사실조차 눈치 채기 어려울 지경입니다. 벼를 심고 거둘 사람이 없기 때문입니다. 멀쩡한 논들도 묵어 나자빠지는 마당에 다랑논까지 챙길 겨를이 어디 있겠습니까? 그런 현실을 감안하면 지리산 피아골 자락에서 만났던, 잘 가꾸어진 다랑논은 와락 껴안고 싶을 만큼 반가웠습니다. 그 안에 배어 있을 촌부의 땀과 눈물을 생각하며 논둑에 한참 앉아 있었습니다. 전형적인 다랑논이라고 하기는 조금 문제가 있지만, 아름답기로는 남해 가천의 '다랭이 마을'이 으뜸입니다. 피라미드를 쌓듯 쌓아 올린 다랑논을 보면서 인간의 위대함에 새삼 혀를 내둘렀습니다.

담배막

농부들의 가슴으로 스러지다

강원도나 경북, 충북 등의 오지를 지나다 보면 '이상한 건물' 들을 종종 볼 수 있다. 도시에서 자랐거나 젊은 사람들로는 좀처럼 이해하기 어려운 건물이다. 집 모퉁이에 기대고 있는 2층 높이의 조그만 흙벽돌집. 대부분 함석이나 슬레이트로 지붕을 해 얹었고, 지붕 바로 밑에는 창이 나 있다. 요즘 세상에 흙벽돌집이 남아 있다는 것도 신기한 일인데, 흙벽돌집 주제(?)에 왜 다른 집들보다 우뚝하게 솟은 구조일까. 그 정도 의문을 가진 사람이라면 꽤 호기심이 많다고 할 것이다.

그 흙벽돌집이 바로 담배막이다. 담배막이라는 이름보다는 담배건조실이란 이름으로 많이 불린다. 밭에서 거둔 담뱃잎을 새끼줄로 엮은 다음 줄줄이 매단 뒤 불을 지펴 말리는 곳이 바로 이 담배막이다. 황초굴이라고 부르기도 한다.

담배뿐 아니라 고추 등을 말릴 때도 유용하게 쓰였다.

담배 농사를 일러 '뼛골 빼는 농사' 라고 한다. 능숙한 농사꾼도 뼛골이 빠질 만큼 힘들기 때문이다. 그 어떤 농사보다 농사를 짓는 기간이 길고 손도 많이 간다. 그래도 어렵던 시절에 담배 농사는 자식을 가르치는 데 큰 도움이 됐다. 그래서 자식만큼은 '펜대를 굴리며' 살기를 원했던 우리네 할아버지, 아버지들은 뼛골이 빠지건 부러지건 고집스레 담배 농사를 지었다.

담배 농사는 이른 봄 경칩을 전후해서부터 시작한다. 하우스에 씨앗을 파종해서 떡잎이 나오면 밭에 이식한다. 이랑을 만들고 그 이랑 위에 비닐을 덮은 다음, 비닐에 구멍을 뚫고 한 포기씩 심게 된다. 모종이 마르지 않도록 물을 줘야 하고, 살충제도 뿌려야 하며 순도 따 줘야 한다. 담배는 사람의 보통 키 이상으로 자라게 되는데, 잎이 노란 빛깔을 띠기 시작하면 맨 아래부터 차례로 따서 말린다. 그 작업의 대부분은 여름에 이뤄진다.

가만히 있어도 땀이 줄줄 흐르는 불볕더위에, 밭고랑 속에서 담뱃잎을 찌려면 숨이 턱턱 막힌다. 더위보다 더 큰 고역은 담뱃잎에서 나오는 진액이다. 이 진액이 피부에 묻으면 벌겋게 부풀어 오르며 쓰리다. 그렇게 따낸 담뱃잎은 담배막으로 옮겨진다. 갓 딴 잎은 무척 무거워서 지게로 져 나르려면 허리가 휜다. 담배막으로 가져간 담뱃잎은 새끼에 엮어 건조대에 달아매고 불을 지펴서 말린다. 담뱃잎이 다 마르면 새끼줄에서 하나씩 빼서 창고에 쌓아 둔다.

건조실에 불을 지필 땐 밤을 꼬박 새울 수밖에 없다. 졸다가 불길을 조절하는

데 실패하면 잎의 색깔이 제대로 나오지 않기 때문이다. 수매에서 하등품 판정을 받으면 그 뜨거운 여름의 수고는 허공으로 날아가고 눈물만 남는다. 담배막을 흙으로 높게 지은 것은 통풍성을 감안해서 일 것이다. 습기를 잘 빨아들이는 흙이야말로 건조실에 가장 적절한 재료일 테고.

이렇게 담배를 따서 옮기고 말리는 과정은 여름 내내 계속된다. 다 말렸다고 담배 농사가 끝나는 것은 아니다. 가을걷이를 마치고 나면 창고에 쌓아 두었던 마른 잎을 꺼내어 색깔 따라 분류하고 다발로 묶어야 한다. 이 작업도 만만치 않아서 밤을 낮 삼아 일해야 한다. 색깔과 길이별로 고르고 가위질을 하느라 손가락에서 피가 나기도 한다.

그 고생 끝에 드디어 기쁨이 온다. 된서리가 내리는 상강(霜降) 때가 되면 시·군별로 엽연초조합에서 잎담배 수매를 시작한다. 전에 잎담배가 제값을 받을 때는 담배 수매가 시작되기 전부터 지역 전체가 들먹거렸다. 매상에서 좋은 등급을 받으면 목돈을 쥐게 된다. 1년 동안 흘린 피와 땀을 보상받는 것이다. 농민들은 그 돈으로 빚도 갚고 아이들 학자금도 마련했다. 하지만 그중 일부는 흥청거리는 기분에 젖어 기생집에 틀어박거나 사기꾼에 털리기도 했다. 또 외지에서 온 노름꾼들의 꼬임에 넘어가 하루저녁에 '1년 농사'를 날리는 일도 꽤 빈번했다.

요즘은 담배 농사를 짓는 농가를 찾기가 쉽지 않다. 값싼 수입 담배의 영향으로 수지타산이 맞지 않을뿐더러, 1년 내내 담배 농사에 매달릴 인력도 없기 때문이다. 경북 봉화와 안동, 강원 평창 등에 담배 농가가 남아 있다고는 하지만 언제 폐농할지 모른다. 아무튼, 담배 농가가 줄어들고 건조 기술이 발달하면서 담배막은 애물단지가 되었다. 그래서 여기저기 방치된 가운데 조금씩 무너져 가고 있다. 경북 어느 산골에서 만난 촌부는 "뜯어 버리기 뭐해서 창고로 쓴다"고 말했다. 하긴 그 힘든 시절을 같이 했으니 정도 들었을 것이다. 가까이서 들여다보니 담배 대신 온갖 농기구가 들어서 있었다. 흙집이라는 게 생각보다 오래간다고는 하지만 수명이 영구할 턱이 없다. 그러니 어느 곳은 옆구리가 뻥 뚫려 바람이 드나들고 어느 곳은 지지대에 기대어 간신히 연명하고 있었다.

그렇게 무너져 가는 담배막을 볼 때마다 가슴이 쓰리다. 쓰러져 가는 농촌의 현실, 그걸 속수무책으로 바라봐야 하는 늙은 농부들의 무너지는 가슴을 대신하는 것 같기 때문이다.

죽방렴

"놓쳐도 그만"…… 상생의 어로

윈드서핑을 하는 것도 아닌데, 빠른 물살을 너무 즐겼던 게 탈이었다. 사실 따지고 보면 그렇다. 태어난 지 얼마 안 된, 어린 멸치에 불과한 내가 그 길이 가서는 안 될 길이고, 그곳이 들어서면 못 나올 곳임을 어찌 알았으랴. 너른 바다에서 노는 게 심심해진 어느 날 엄마 몰래 친구들과 모험을 떠났다. 이곳저곳 구경을 하다가 빠른 밀물을 타고 들어선 곳이 지족해협이었다. 모험은 얼마나 가슴을 두근거리게 만들던지. 신이 난 우리는 엄마가 걱정한다는 것도 몽땅 잊어버렸다. 그러다 발견한 것이 팔을 넓게 벌리고 서 있는 나무말뚝들이었다. 대체 무엇일까. 호기심으로 똘똘 뭉친 악동들은 망설임 없이 그곳으로 들어갔다. 물살이 빨라 헤엄칠 능력을 상실했을 거라거나 멸치 떼를 노리는 숭어들에게 쫓겨 들어갔을 거라고 짐작할지 모르지만 결코 그런 건 아니었다. 신나게 놀 수 있는 곳을 찾아 들어갔을 뿐이었다. 좀 좁긴 하지만 숨바꼭질하기 알맞은 곳이었다. 죽방렴이라 불리는 그곳에서 우린 즐거웠다. 배를 타고 온 어부가 뜰채로 떠올릴 때까지는…….

국토의 남쪽을 달리다 보면 우리나라 네 번째 크기의 섬이었다가 다리(남해대교)를 놓은 뒤 육지가 된 남해를 만날 수 있다. 그리고 고구마 두 개를 나란히 놓은 것처럼 생긴 남해의 속살을 또 달려, '두 번째 고구마의 가슴' 쯤을 지나다 보면 물살 빠르기로 유명한 지족해협을 만날 수 있다. 그곳엔 창선면 지족리와 삼동면 지족리를 연결해 주는 바다 위의 다리, 창선교가 있고, 그 다리 근처의 높다란 입간판에는 죽방렴의 본고장임을 자랑하는 글귀가 써 있다. "지족해협 청정해역의 명품 — 원시 어업 남해 죽방렴멸치"

자랑스레 '원시 형태의 어로 포획 방식' 이라 부르는 죽방렴. 그런데 죽방렴이야말로 가장 첨단 어업이었고, 지금도 그럴지 모른다는 생각이 든다. 원시적 어로라면 물고기를 손으로 잡거나 작살로 찍어 내는 것에 어울리는 이름 아닐까. 죽방렴은 원시 어업이라기보다는 '자연 친화' 어업이라 불러야 할 것 같다. 돌로 담을 쌓아 썰물 때 빠져나가지 못한 물고기를 잡는 서해의 '독살' 과 함께, 인간의 지혜와 노력이 가장 많이 투영된…….

죽방렴은 대나무를 발처럼 엮어(簾) 고기를 잡는다(防)는 뜻으로, '대나무 어살(어사리)' 이라고도 불렸다. 조수간만의 차가 크고 물살이 빠르며 수심이 비교적

얕은 곳에 설치한다. 좁은 물목 조류가 흘러 들어오는 쪽을 향해 길이 10미터 정도의 참나무 말목을 V 자 모양으로 벌려 일정하게 박고, 말목과 말목 사이에 대나무를 발처럼 엮어서 울타리를 만든다. 그리고 통 안에 그물을 엮어 넣으면 조류를 따라 들어온 물고기는 이 미로로 된 함정(임통, 불통)에 빠져 썰물 때도 빠져나가지 못한다. 죽방렴 주인들은 하루 두세 차례 물때에 맞춰 후릿그물이나 뜰채로 물고기를 건져 올린다. 고기잡이는 봄(3월)부터 초겨울(12월)까지 이어지며, 5월에서 8월 사이에 멸치와 갈치를 비롯해 학꽁치, 장어, 도다리, 농어, 감성돔, 숭어, 보리새우 등이 주로 잡힌다.

죽방렴에서 잡는 물고기는 멸치가 80퍼센트 정도를 차지한다고 한다. 잡힌 멸치는 회로도 먹지만 대부분은 즉시 육지로 운반해서 솥에 삶아 말린다. 죽방렴을 이용해서 잡은 멸치는 스트레스를 덜 받아 맛이 좋다고 한다. 또 잡는 과정에서 상처가 나지 않기 때문에 최고의 품질로 인정받는다. '죽방멸치'라는 이름으로 불리며 그물로 잡은 멸치보다 최소 두 배에서 수십 배의 가격으로 팔려 나간다.

죽방렴은 자연도 살리고 인간도 살자는 상생의 어로이다. 바다 위에 서서 두 팔을 벌리고 있다가, 들어오는 고기는 맞아들이고 지나가는 건 놓아둔다. 놓친 물고기를 아쉬워하거나 더 잡겠다고 아등바등하는 법이 없다. 바다 밑까지 긁는 요즘의 기계식 어로처럼 무자비한 싹쓸이를 꿈꾸지 않는다.

죽방렴이 언제부터 시작되었는지 정확하게 확인되지는 않는다. 고려시대부

터라고도 하고 500년의 역사를 가졌다는 말도 있는데, 문헌상에는 조선조(1496년)부터 나타난다. 물론 그보다는 훨씬 이전에 시작되었을 것이라고 짐작된다. 죽방렴이 발달하기 위해서는 큰 조수간만의 차와 빠른 물살이 필수조건이며 수심 역시 적당해야 한다. 천혜의 조건을 갖췄다는 지족해협에는 20통이 넘는 죽방렴이 남아 있다. 이 밖에도 남해군 창선면과 삼천포(사천시) 사이의 삼천포해협에도 남아 있다.

죽방렴이 아직은 거액의 가치를 가지고 있다고는 하지만, 어차피 우리 곁에서 사라져 가는 것 중 하나일 수밖에 없다. 거대한 배를 타고 대양을 누비는 어로법의 발달, 연안의 어업자원 감소, 관리 노동력의 부재 등은 죽방렴을 석양 아래 들게 했다. 새 죽방렴이 설치되지 못할 날이 그리 머지않을 것이다. 하지만 선조들의 지혜가 고스란히 담겨 있는 죽방렴의 이름은 오랫동안 기억될 것이다.

기행 수첩

남해는 볼거리 천국입니다. 그래서 남해 사람들은 자신들이 사는 섬을 '보물섬'이라 부릅니다. 잘 알려진 금산 보리암이나 남해대교가 아니더라도 가는 곳마다 감탄사가 절로 나옵니다. 어느 시인은 "남해를 숱하게 찾아갔지만 갈 때마다 새로웠다"고 말하기도 합니다. 가천 '다랭이 마을'의 경이로운 계단식 논이나 미조항의 멸치털이는 아무 데서나 볼 수 있는 풍경이 아닙니다. 또 앵강만이나 지족해협은 석양이 아름답기로 소문 나 있습니다. 황혼 속에 꼿꼿한 모습으로 서 있는 죽방렴과 그 곁을 지나는 작은 배들……. 그래서 지족해협 죽방렴을 남해 12경 중 4경으로 꼽습니다. 남해는 하루 종일 떠들어도 부족할 만큼 볼거리가 많은 섬입니다.

염전

염부의 땀이 흰 꽃으로 피다

심해에 살면서 먼 세상을 꿈꾸던 바닷물이, 어느 햇살 좋은 날 한반도 서해로 나들이를 나온다. 사리 때를 손꼽아 기다리던 염부는 바닷물을 둠벙(저수지)에 냉큼 가두고 나갈 길을 막아 버린다. 바닷물은 이제 돌아가고 싶어도 갈 수 없다. 염부는 바닷물이 어느 정도 정화되고 염도가 적당해졌다 싶으면 빛 좋은 날을 잡아 넓은 밭으로 끌어올린다. 이글이글 불타는 여름의 태양은 바닷물을 뜨겁게 달군다. 바닷물은 서서히 졸아든다. 비명을 질러 보지만 아무도 들어주지 않는다. 물이 조금씩 줄면서 염도가 점점 높아지고 진득한 소금물이 되었다가 육각의 결정체가 태어난다. 그들이 모여 하얀 소금 꽃으로 피어난다. 염부는 꽃잎들을 고무래로 끌어 모아 소금산을 만든다.

주인 없는 바닷물을 퍼 올려 공짜로 쏟아지는 햇빛이 졸이도록 놔두면 소금이 되는 줄 알지만, 그리 쉽게 이뤄지는 일은 없다. 바닷물을 졸여 소금을 만드는 것은 햇볕만으로는 안 된다. 염부의 속 졸이는 기다림과 땀방울이 아니면 어림도 없다. 바닷물을 끌어들이고 졸이고 소금을 거두고 창고에 쌓기까지, 염부는 온몸을 뜨거운 태양 아래 고스란히 내맡겨야 한다. 염부의 야윈 몸이 까맣게 탈수록, 더욱 하얗고 맛 좋은 소금이 태어난다.

더구나 소금을 만드는 과정이 매번 순탄한 것만은 아니다. 뜬금없이 소나기라도 쏟아지면 염부의 마음은 까맣게 탄다. 뒷간에 앉았다가 괴춤을 올릴 새도 없이 염전으로 내달려야 할 때도 있다. 20여 일 동안 땀으로 졸인 소금을 순식간에 망쳐 버릴 수도 있기 때문이다.

이렇게 바닷물을 바람과 햇빛으로 증발시켜 만드는 소금을 천일염이라고 부른다. 우리나라에 천일염을 만드는 염전이 들어선 건 1907년이라고 한다. 그 전에는 가마솥에서 바닷물을 졸여 내는 '전오염(煎熬鹽) 제조법'을 썼다. 하지만 생산비가 많이 들었기 때문에 상당량을 중국에서 수입해서 썼다고 한다.

천일염전은 토질이나 기후, 그리고 원료가 되는 바닷물의 질과 지형 등의 조건에 큰 영향을 받는다. 특히 비가 적고 대기가 건조해야 하며, 연평균 기온 25℃ 내외가 적절하다고 한다. 지형은 평탄한 간석지로 하천에 인접하지 않은 곳이어야 좋다. 바닷물을 건조하는 과정에서 바람이 많이 불면 결정이 작고, 기온이 낮으면 쓴맛이 난다. 따라서 일조량이 많고 바람이 적은 날을 택해 소금을 얻는 것이 좋다.

소금은 인간에게 없어서는 안 될 필수 요소다. 가난했던 시절, 서민들의 소원 중 하나는 소금을 온전하게 한 포대 받아 보는 것이었다. 소금은 음식을 만드는 데 없어서는 안 되지만, 간장과 된장 및 김장을 담그는 데도 반드시 필요하다. 또 소금에서 나온 간수는 두부를 만드는 데도 없어서는 안 된다. 우리나라 서해안에서 만들어진 천일염은 일반 정제염에 비해 칼슘과 마그네슘, 칼륨 등 미네랄을 풍부하게 함유하고 있다고 한다. 한국산 천일염이 손상된 간을 보호하고 동맥경화, 고지혈증 등 성인병을 예방하는 데 탁월한 효과가 있다고 주장하는 학자도 있다.

요즘은 바다에 나가도 염전을 구경하기 쉽지 않다. 설령 있다고 해도 온전한

재래식 염전은 사라진 지 오래다. 활차 대신 양수기가 바닷물을 퍼 올리고 장판이나 타일을 깔아 소금을 거른다. 그렇게 해도 쏟아져 들어오는 중국산 싼 소금에 맞서기에는 역부족이다. 그래서 어느 염전은 왕새우 양식장으로, 어느 곳은 생태공원으로 바뀌었다. 최근에는 오래되고 보존할 가치가 있는 몇몇 곳을 문화재로 등록하기도 했다. 그렇게라도 보존돼 우리의 아이들에게, 소금이 어떻게 만들어진다는 것을 보여 줄 수 있었으면 좋겠다. 아무것도 들어 있지 않을 것 같은 바닷물이 졸아들어 하얀 소금이 되는 그 경이로운 과정을 실험실에서나 보는 일만은 없었으면…….

기행 수첩

염전은 아직도 곳곳에 남아 있습니다. 서울 근교에도 몇 곳이 있지만, '염전공원'이라 할 수 있는 '시흥갯골생태공원'을 추천할 만합니다. 다녀 본 중에 가장 기억에 남는 곳은 전북 부안의 '곰소염전'입니다. 이곳도 어쩔 수 없이 규모가 많이 줄기는 했지만 전통 천일염전의 정취를 만끽할 수 있습니다. 인근에 있는 곰소항의 젓갈 단지도 들러 볼 만합니다. 사실 변산반도를 품고 있는 부안이야말로, 발길 닿는 곳 모두가 감탄사를 절로 불러일으킬 만큼 아름다운 곳입니다. 내소사로 들어가는 전나무 길은 국내 '최고의 길'로 정평이 나 있습니다. 층층겹겹의 바위로 이뤄진 격포 채석강은 보면 볼수록 신기합니다. 변산은 특히 낙조가 유명한데, 그중에서도 '솔섬 낙조'는 황홀할 정도로 아름다워 사진 찍는 사람들이 상주하다시피 합니다.

연탄 · 등잔, 그 따뜻한 기억

달동네

눈물 속에 핀 개망초 한 송이

우리에게는 그때가 제일 행복했다. 아버지와 어머니가 도랑에서 돌을 져 왔다. 그것으로 계단을 만들고, 벽에는 시멘트를 쳤다. 우리는 아직 어려 힘 드는 일을 못했다. 그래도 할 일이 많았다. 우리는 며칠 동안 학교에 가지 않았다. 하루하루가 즐거웠다.

— 조세희의 〈난장이가 쏘아올린 작은 공〉(이성과 힘 刊) 89쪽

달동네라는 이름이 생기게 된 유래라고 내놓을 만한 게 변변찮다. 1970년대 말이었던가. 〈달동네〉라는 TV 드라마가 인기를 끈 뒤, 사람들의 뇌리에 박힌 게 아닌가 싶다. 비교적 높은 곳에 자리 잡은 동네다 보니 달과 가깝다는, 혹은 달이 크게 잘 보인다는 뜻에서 달동네로 불렀을 것이라 짐작할 뿐이다.

달동네가 생기게 된 배경은 대충 거슬러 짐작할 수 있다. 달동네로 대표되는 도시 저소득층 집단 주거지의 시초는 일제 때까지 거슬러 올라간다. 일제의 수탈에 못 견뎌 농촌에서 도시로 올라온 이들이, 국유지나 주인이 뚜렷하지 않은 산비탈 혹은 개천가에 무허가로 주거지를 짓기 시작한 것이다. 이러한 빈민계층의 주거지는 해방과 전쟁, 그리고 1960년대 경제 개발 과정을 거치면서 계속 늘어났다. 처음에는 청계천가처럼 '주인 없는' 평지에서 시작해서 산자락으로 점차 확대되었다. 도시 개발 과정에 도심 판자촌에서 쫓겨난 사람들에 의해서 이러한 현상은 가속화되었다. 그들에게 산자락 말고는 다른 선택의 여지가 있을 리 없었다. 하지만 산자락이라고 무한정 비어 있는 건 아니었을 테니 점점 산 중턱, 꼭대기까지 올라갈 수밖에 없었을 것이다.

달동네에 사는 도시 빈민의 삶이 무조건 불행하기만 했을 거라고 단정 지을 수는 없다. 조악한 환경 속에서도 내일을 꿈꾸었고 아이들을 통해 희망을 파종했다. 도시 유민을 거쳐 자신의 집을 갖는 과정은, 예문으로 든 〈난장이가 쏘아 올린 작은공〉(이하 〈난쏘공〉)의 "하루하루가 즐거웠다"라는 구절처럼 누구 못지않게 행복했을 것이다.

대부분의 달동네는 살아가는 모습이 비슷했다. 비좁은 공간에 여러 집이 어깨를 겯고 살아가다 보니 마찰도 있었지만 자연스레 '함께 어울려 사는' 동네일 수밖에 없었다. 마을의 작은 공터는 아이들의 놀이터이자 동네 사람들의 만남의 장소였다. 그곳에서는 가끔 축제(?)가 벌어지기도 했다. 부잣집 동네를 돌

다가, 죽은 개를 얻어 횡재한 고물장수 황씨가 동네 사람들에게 한 턱 쏘는 곳도 이 공터였다. 얻어온 개가 없으면 또 어떠랴. 소주 몇 병, 막걸리 몇 되로 고단한 일상을 씻어 내고 다음날 일터로 나갈 수 있는 의지를 충전하기도 했다. 달동네에는 마음이든 문이든 늘 열려 있었다. 연탄 한 장이나 물 한 바가지를 놓고 이웃 간에 머리카락 빠져라 싸우는 일도 흔했지만, 속정은 피를 나눈 형제보다 더 깊었다. 어차피 살을 맞대고 사는 가족이나 다를 바 없는 이웃들이었다. 담장이 없거나 낮다 보니 서로 감출 것도 없었다.

동사무소 앞에 사람들이 몰려 있었다. 승용차도 몇 대 서 있었다. 그곳에는 두 부류의 사람밖에 없었다. 입주권을 팔려는 사람과 사려

는 사람이었다. 팔려는 사람들은 초조한 얼굴로 거간꾼들의 눈치만 보았다. 한결같이 영양이 나쁜 얼굴들이었다. 거기서는 눈물 냄새가 났다. 나는 눈물 냄새를 가슴으로 맡았다.

— 〈난쏘공〉 112쪽

"헐릴 저희 집 같은 걸 새로 지으려면 백삼십만 원은 있어야 됩니다. 저희 아버지가 평생을 일해 지은 집예요. 우린 그걸루 이십이만 원과 바꾸어야 될 입장예요. 거기서 전세 주었던 돈 십오만 원을 제하고 나면 칠만 원이 남습니다."

— 〈난쏘공〉 114쪽

달동네의 외형적 모습도 국화빵 틀에 찍어낸 듯 비슷했다. 종점에서 버스를 내려 언덕바지를 조금 올라가면 동네 머리를 만나게 되고 그곳엔 그만그만한, 사람이 살아가는 데 없어서는 안 될 가게들이 점점이 박혀 있었다. 연탄가게, 구멍가게, 잡화점, 전파사, 이발소, 미장원, 세탁소, 솜틀집……. 입구를 들어서면 리어카 하나쯤 지나갈 만한 길이 언덕 위를 향해 가파르게 나 있었다. 저녁이면 일터에서 돌아와 밥을 짓는 소리에 동네는 부쩍 활기를 띠고, 아이들을 부르는 소리가 골목골목을 달음질쳤다. 언덕길은 겨울이면 얼어붙기 일쑤여서 연탄재라도 깨트려야 오갈 수 있었다. 봄이 되어 날이 풀리고 바람이 불면 루핑지붕에 연탄재 먼지가 뿌옇게 앉았다.

달동네 사람들은 부지런했다. 멀리까지 일을 나가는 사람이 많다 보니 새벽이슬을 맞으며 집을 나서서 밤이 돼야 돌아올 수 있었다. 대부분 하루 벌어 하루를 사는 그들에게 "부지런하지 않으면 먹을 수 없다"는 건 진리였다. 하지만 아무리 열심히 일해도 달동네 주민들이 등에 진 '원죄'는 감해지지 않았다. 수십 년 뿌리를 내리고 살아도 그들이 둥지를 튼 곳은 남의 땅이었다. 즉, 무단 점유자란 주홍글씨는 세월 따위에 바래는 일은 없었다. 국가든 개인이든 땅 주인이 소유권을 주장하게 마련이었고, 철거를 강요당할 수밖에 없었다. 하지만 어차피 도시에서 일거리를 얻어 살아가야 하는 그들에게 갈 곳이 어디 있겠는가. 강제로 쫓겨나면 다른 곳에 가서 말뚝을 박는 악순환이 거듭될 수밖에 없었다.

쫓겨나는 이들에게는 아파트 딱지(입주권)나 보상금이 주어졌다. 하지만 한 가족이 살아갈 새로운 보금자리를 꾸리기에는 턱없이 부족했다. 설령 임대아파트에 입주한다고 하더라도 아파트에서의 삶은 고리대금업자처럼 비싼 대가를 요구했다. 그래서 하루를 살아 내기에 급급한 철거민들은, 그림의 떡 같은 딱지를 처분할 수밖에 없었다. 결국 별 대책도 없이 탑을 쌓듯 지어 올린 삶의 터전을 떠나야 했고, 그럴 때마다 삶의 질은 한 단계 더 추락하기 마련이었다.

그나마 집주인은 조금 나았다. 달동네에조차 자신의 집 한 채 마련할 능력이 안 되었던 세입자들은 이사 비용 몇 푼 쥔 채 길거리에 나앉기 일쑤였다. 그 사실을 받아들일 수 없는 사람들은 목숨을 담보로 투쟁을 벌이기도 했다. 그러한 투쟁에 '순수하지 못한 이'들이 끼어들었다는 비난도 있었지만, 본질은 살아남기 위한 몸부림이었다. 쫓아내야 목적을 이루는 쪽과 삶의 터전을 잃지 않으려는 쪽의 전쟁은 도시 근대화 과정의 역사였다. 이 전쟁의 우위를 점하려는 아파트 건설업체 측에서는 '전문가급' 철거용역업체를 동원하기도 했다. 그들은 인정사정없었다. 극렬하게 저항해 보지만 대부분 역부족으로 끝나기 마련이었다. 정신을 차려 보면 엊그제까지 보금자리였던 곳에는 벽돌 조각만 구를 뿐이었다. 목숨으로 저항하는 사람도 있었다.

> 우리는 어머니가 싸 놓은 짐을 하나하나 밖으로 끌어냈다. 어머니가 부엌으로 들어가 조리 · 식칼 · 도마들을 들고 나왔다. 마지막으로 아버지가 나왔다. 아버지는 아버지의 공구들이 들어 있는 부대를 메

고 나왔다. 쇠망치를 든 사람들 앞에 쇠망치 대신 종이와 볼펜을 든 사나이가 서 있었다. 그가 아버지를 보았다. 아버지가 바른손을 들어 집을 가리키고 돌아섰다. 쇠망치를 든 사람들이 집을 쳐부수기 시작했다. 한꺼번에 달라붙어 집을 쳐부수었다. 어머니는 돌아앉아 무너지는 소리만 들었다. 북쪽 벽을 치자 지붕이 내려앉았다. 지붕이 내려앉을 때 먼지가 올랐다. 뒤로 물러섰던 사람들이 나머지 벽에 달라붙었다. 아주 쉽게 끝났다.

— 〈난쏘공〉 123~124쪽

달동네, 철거, 분신, 딱지……. 어떤 이들에게는 철거를 둘러싼 분쟁이 아프리카 종족 분쟁이나 중동의 종교 분쟁처럼 비현실적인 단어로 들릴지 모른다. 하지만 지금도 끝나지 않은 우리 이웃, 아니 우리 형제들의 이야기다. 오늘 빈손으로 떠난 그들은 내일 또 다른 곳에서 신산(辛酸)의 보따리를 쌀 가능성이 높다. 그나마 그들이 찾아들어 등 대고 누울 만한 달동네도 거의 사라져 가고 있다.

먼지 날리는 골목과 루핑지붕을 힘겹게 인 게딱지 같은 집들이 엎드려 있던 언덕에는 번듯한 아파트들이 키를 자랑하고 있다. 그곳에서 과거 달동네의 모습을 떠올리기란 쉽지 않다. 곳곳의 테니스장이나 골프연습장엔 행복이 두둥실 떠다닌다. 분쟁이 있었다는 사실 따위를 잊은 지 오래인 아파트 사이사이의 산책로는 잘 탄 가르마처럼 곱다. 높은 지대라는 흠 때문에 빈민들이나 깃들여 살던 그곳이, 이젠 전망이 좋다는 이유로 가진 이들로부터 각광을 받는다. 어느 동네는 억대의 프리미엄이 붙었다던가. 그곳 골목에서 발가벗고 뛰어 놀던 아이들이 훗날 찾아가 본다면 자신들의 흔적은커녕 추억 한 자락 건져 내지 못할 것이다.

하지만 겉모습이 바뀐다고 모든 게 다 사라져 버리는 것일까. 높은 굴뚝에 올라가 먼 별로 날고자 했던 난장이의 꿈처럼, 그들의 가슴에서 자라던 소망은 아직도 그곳을 맴돌고 있을지 모른다. 그래서, 그들의 눈물과 절규가 묻힌 어디쯤엔 옛날처럼 개망초 한두 송이 몰래 피어나고 있을지도…….

기행 수첩

불행인지 다행인지 달동네를 찾기는 쉽지 않습니다. 서울에도 아직 달동네라는 이름이 어울릴 만한 곳이 몇 가운데 남아 있긴 하지만, 막상 가 보면 이미 '오리지널 달동네'는 아닙니다. 카메라 뷰파인더를 통해 들여다보면 잘 생긴 주택들이나 키 높은 아파트가 반드시 끼어들고는 합니다. 서울은 아니지만 다행히(?) 달동네를 '견학'할 수 있는 곳은 있습니다. 전남 순천에 가면 드라마 〈사랑과 야망〉을 촬영했던 달동네 세트장이 있는데, 달동네의 모습을 고스란히 간직하고 있습니다. 서울과 가까운 곳에 달동네 박물관도 있습니다. 인천시 동구 송현동에 있는 '수도국산 달동네 박물관'이 바로 그곳입니다. 지금은 아파트 단지로 변한 인천 수도국산은 원래 전형적인 달동네가 있던 곳입니다. 이 박물관에는 과거 달동네의 모습을 그대로 재현해 놓았는데, 마치 타임머신을 타고 1960~1970년대로 돌아간 듯 실감이 납니다.

고무신

적수가 없었던 '국민 신발'

아이는 며칠 째 애가 달아 있었다. 방학 때 내려왔던, 서울 사는 장부자네 손자가 신었던 운동화는 꿈조차 꿔 본 적이 없었다. 백설기처럼 빛나는 흰고무신이 수시로 눈앞에서 어른거렸다. 대책 없는 열병이었다. 세상에 검은고무신만 있는 것으로 알고 살아온 아이를 들쑤시고 있는, 흰고무신에 대한 소망은 열병이라도 든 것처럼 심각했다.

아이는 날마다 어머니를 졸라댔지만 삶은 호박에 이도 안 들어갈 소리였다. 아이들이 흰고무신을 신겠다는 건 흰두루마기를 입겠다는 것과 똑같았다. 어른들도 일을 할 때는 검은고무신을 신다가, 멀리 나들이 갈때나 선반에 올려 두었던 흰고무신을 꺼내 신고 나가지 않던가. 그러니 들로 산으로 쏘다니는 아이들에게 흰고무신을 신길 부모는 없었다. 흰고무신이 비싸다는 점도 문제지만 그

걸 날마다 누가 닦아 댈 것인가. 금세 검은고무신과 구별이 안 될 만큼 더러워질 건 너무도 뻔한 일.

조르는 아이에게 던지는 어머니의 대답은 항상 똑같았다. "지금 것도 3년은 더 신것다. 쓸데없는 소리 말고 소 꼴이나 베어 와 이눔아!" 하지만 이미 열병이 골수까지 파고든 아이에게 그 말이 들릴 리 없었다.

학교에서 돌아오던 아이는 친구들과 슬쩍 떨어져 개울가 으슥한 곳으로 스며든다. 슬그머니 앉아 몇 번 주위를 둘러보더니 돌로 신발의 옆구리를 문지르기 시작한다. 검은고무신이 처단해야 될 악마라도 되는 양, 마구 문질러 댄다. 처음에 질기게 저항하던 신발은 시간이 지나면서 결국 구멍을 드러내고 만다. 그날 저녁, 아이의 집에서는 비명에 이어 생고무처럼 질긴 울음이 터지고 말았다. 일부러 신발에 낸 구멍을 못 알아차릴 어른들이 아니었다. 신발이 떨어지면 기우고 그도 안 되면 때워서 신는 판에 일부러 구멍을 내다니. 결국 아이는 흰고무신은 구경도 못하고 구멍 난 검은고무신으로 그 여름을 나야 했다. 가을이 오고 추석이 되어서야 얻어 신은 새 고무신도 검은색이었다.

산업화가 궤도에 오르고 운동화라는 걸 너도나도 신을 수 있기 전까지 고무신은 적수가 없는 '국민 신발' 이었다. 사실 고무신이 처음 들어왔을 때, 이 땅의 백성들에게는 경이로울 정도로 좋은 물건이었을 것이다. 가죽신이라도 신을 수 있었던 소수의 계층을 제외하면, 민초들이야 기껏 짚신이나 나막신이 전부

가 아니었던가. 비가 와도 물이 새지 않을 뿐더러 어느 정도 방한까지(짚신 등에 비해서) 가능한 신발이 등장했을 때 얼마나 신기했으랴.

어려웠던 시절, 고무신 한 켤레 값은 결코 만만치 않았다. 그래서 구멍이 뚫리고 밑창이 너덜거릴 때까지 기우고 때워서 신을 수밖에 없었다. 고무신을 만드는 회사도 참 많았다. 폐타이어가 주원료였는데, 생산의 진입 장벽이 그리 높지 않았던 것 같다. 왕자표, 말표, 범표, 타이어표, 진짜 다이아 등 다양한 상표가 쏟아져 나왔다. 흰고무신은 표백제를 첨가해서 만들었는데, 그만큼 검은고무신보다 비쌌고 고급 취급을 받았다.

고무신은 아이들에게 장난감이 되기도 했다. 고무신 한쪽을 접어 다른 쪽에 구겨 넣고 모래밭에서 밀고 나가면 곧바로 장난감 자동차가 되었다. 개미나 딱정벌레를 태워 냇물에 띄우면 유람선이 되기도 했다. 그러다 급류를 타고 신발이 떠내려가기라도 하면 울며불며 따라 내려갔다. 내나 둠벙에 신발을 잃어버린 집의 아이는, '칠칠치 못한 놈' 이 되어 그날 저녁 한바탕 경을 치르기도 했다. 냇가에서 놀다가 물고기를 잡으면 신발 안에 보관했고, 꽃 위에 앉아 있는 호박벌을 신발로 덮쳐서 뱅뱅 돌리는 놀이도 했다. 신발을 던지는 놀이인 '신발치기' 라는 것도 있었다.

한 틀에서 문수(사이즈)만 다르게 찍어 내는 고무신이야, 따로 멋을 내서 만드는 것도 아니니 네 것 내 것 구별하기가 쉽지 않았다. 어른들은 잔칫집이나 초상집에 가기 전에 신발에 식별 표시부터 했다. 펜으로 이름을 쓰는 게 못미더워 불에 달군 송곳으로 신발코에 작은 구멍을 내거나, X 자로 꿰매 표시내기도 했다. '양심불량' 인 사람들은 일부러 헌 고무신을 신고 가서 새 고무신을 신고 줄행랑을 치기도 했다. 이런 현상은 학교라고 예외는 아니어서, 신발장 앞에서 내 신이니 네 신이니 싸우는 일도 다반사였다. 모처럼 새 신발을 얻어 신으면 세상을 얻은 듯 기뻤다. 다른 애들이 볼 때만 신발을 신고 혼자 있을 때는 벗어서 들고 다니는 아이들도 있었다. 급하게 달릴 땐 헐떡거리다 벗겨지기 일쑤여서 벗어서 손에 쥐거나 허리춤에 매달았다. 겨울엔 눈길에 미끄러지지 말라고 새끼줄로 감발(발감개)을 치기도 했다.

지금은 고무신을 구경하기가 쉽지 않다. 절에나 가야 고무신 신은 스님네들이라도 만날까. 그나마 국내에서는 생산하는 곳이 없어서 중국산이 들어온다고 한다. 온 천지에 편하고 예쁜 신발이 넘쳐나는 마당에 고무신을 새삼 그리워할 일이야 있을까. 하지만 비 오는 날 찌걱거리며 다닐 때의 그 묘한 울림과 가락, 송사리나 붕어를 잡는다고 작은 냇물을 막고 고무신으로 물을 퍼낼 때의 그 신나던 손놀림이야 어찌 잊을 수 있을까. 세상살이가 각박해질수록, 베잠방이 입고 고무신 걸치고 어머니의 가르마처럼 곱게 뻗은 논둑길을 걷고 싶다는 소망은 그 무게를 더한다.

시민아파트

유년기 어머니 품처럼 포근한

1970년 4월 8일 아침, 충격적인 뉴스가 전국을 강타했다. 서울 마포구 창전동 산2번지의 와우시민아파트 15동 콘크리트 5층 건물이 폭삭 무너져 내렸다는 소식이었다. 대부분 주민들이 잠에서 깨기도 전인 오전 6시 20분이었다. 이 사고로 주민 70여 명 중 33명이 압사를 당했고 19명이 중경상을 입었다. 아파트라는 말조차 낯설던 시절, 날림 공사가 낳은 참사였다. 1969년 12월 준공돼 4개월 만에 무너진 와우아파트는, 받침기둥이 건물 무게를 지탱하지 못할 정도로 약하게 시공됐다고 한다. 산비탈에 축대를 쌓고 건물을 올린 데다 기둥에 철근을 턱없이 적게 쓴 것이다. 사고가 나기 한 달 전부터 주민들이 "골조기둥이 가라앉고 벽에 금이 가고 있다"고 신고했다는데, 강심장을 자랑하는 관계자들이 개 짖는 소리쯤으로 들었던 것 같다.

와우시민아파트 15동은 1969년 서울시가 37개 지구에 건립한 406동의 아파트 가운데 하나였다. 서울시는 당시 와우산 일대를 아파트 공원으로 조성한다는 계획을 갖고 총 24개의 시민아파트를 세웠다. 아무튼 이 사건은 당시 정치·사회적으로 큰 파장을 일으켰다. 국민들 가슴에는 큰 구멍 하나가 뚫렸다.

와우아파트가 무너진 뒤 얼마 안 돼 완공한 아파트가 회현시범아파트였다. 남산시민아파트라고도 부르고 회현제2시민아파트라고도 부르는 곳이다. 시범아파트라는 이름은 와우아파트 붕괴에 놀란 당시 서울시장이 "이 아파트만큼은 '시범' 삼아 튼튼하게 지어라"고 지시했다 해서 생긴 이름이라고 한다. 그 덕분인지 이 아파트는 40년 가까이 된 지금까지 꼿꼿하게 자리를 지키고 있다. 1970년을 전후해서 우후죽순처럼 솟아났던 시민아파트는 모두 철거되고 남은 것은 회현시범아파트 1동뿐이다.

최초의 중앙난방과 세대별 수세식 화장실을 자랑하던 최첨단(?) 아파트. 이 아파트는 원래 남산 일대의 무허가 판자촌 주민들을 수용하기 위해 지어졌다고 한다. 하지만 세상일이 어디 계획대로만 되던가. 중앙난방과 수세식 화장실 덕분에 서울시민들에게 선망의 대상이 되었다. 돈 내는 순서대로 입주권이 주어졌는데, 돈푼깨나 쥔 사람들이 몰려와서 서로 먼저 내겠다고 아우성이었다고 한다. 그 결과 전기요금도 못 내 촛불을 켜고 사는 철거민들과 고위 관료, 연예인, 방송계 인사들이 섞여 사는 진풍경이 벌어졌다.

회현시범아파트를 찾아가는 길은 만만치 않았다. 지하철에서 내려 미리 들은 풍월대로 제법 가파른 골목길을 오른다. 골목 속에 갇혀 방향을 가늠하기도 쉽지 않다. 숨이 턱에 찰 만큼 올라가서야 한 동짜리 아파트와 조우한다. 가을에서 겨울로 넘어갈 때만 느낄 수 있는 특유의 쓸쓸함 속에서, 아파트는 죽음을 기다리는 늙은 코끼리처럼 숨이 가빠 보인다. 인터뷰 계획도 없고 주민들에 폐를 끼치는 걸 피하기 위해 날이 밝기 전에 도착했지만, 아파트는 벌써 두런두런 깨어나고 있다. 일가족인 듯싶은 노부부와 젊은 아들이 일찌감치 외출을 하는지 아파트에서 나온다. 신고라도 하듯 가볍게 목례를 해 보지만, 외부 사람에게 경계도 관심도 없다는 듯 갈 길을 간다. 하긴 마지막 시민아파트라는 이름 때문에 사진 찍는 사람들이 귀찮을 정도로 많이 찾는다고 하니 무심해질 만도 하다.

마지막 시민아파트……. 마지막이란 말이 미처 넘기지 못한 생선가시처럼 자꾸 목을 맴돈다. 우선 육교(?) 위로 올라간다. 시범아파트의 가장 특이한 점이 바로 6층과 지상이 연결되는 이 육교다. 육교는 완전히 떨어진 두 공간(지상의 언덕과 아파트)을 하나로 이어 준다. 그래서 10층짜리 아파트에 엘리베이터가 없는데도 주민들은 크게 불편한 것을 모른다고 한다.

헐어 버린 짐승의 주둥이처럼 낡은 아파트 입구에서 노인들이 하나둘 나온다. 부지런히 걸어 언덕을 오르기도 하고 육교 위에서 몸을 풀기도 한다. 안노인 한 분은 추운 날씨인데도 의자를 내어다 놓고 마냥 앉아 있다. 역시 카메라를 든 외부 사람에게는 눈길도 안 주고 하늘바라기만 한다. 맨 아래 빈 공간에

는 수많은 화분과 장독들이 나와 있다. 장독들은 붉은 '고무다라'를 쓰고 있다. 얼마나 많은지 계단까지 점령했다. 이 아파트가 사라지고 나면 아파트라는 이름의 공간에서는 볼 수 없는 풍경일 것이란 생각에 열심히 셔터를 누른다.

살짝 아파트 내부로 들어가 본다. 계단은 닳고 닳아 세월을 노래하고 복도는 불빛 아래서도 침침하다. 어두컴컴한 복도 끝, 누군가의 시선이 느껴진다. 복도 천장에는 배관들이 포장되지 않은 채 매달려 있다. 낡은 존재들이 품어 내는 특유의 기운이 전신을 감싼다. 나 역시 낡아 가는 것 중 하나이기 때문일까. 낯설지 않은 느낌이다. 아니, 오히려 포근함으로 아득하다. 수십 년의 온기가 벽면마다 배어 있어서 그런지도 모른다. 가난할수록 나눌 정은 넘쳐흐르는 법. 주민들은 비 오는 날이면 모여서 김치전이라도 부쳤을 테고, 벚꽃 흐드러지게 핀 날이면 돗자리 깔고 막걸리라도 나눴으리라.

다시 지상(?)으로 나와 아파트 뒤쪽으로 내려가 본다. 남산타워가 눈앞에 우뚝 다가선다. 미처 잎을 다 떨구지 못한 나무들이 지나가는 계절과 작별인사를 하고 새 계절을 맞느라 분주하다. 뒤쪽은 더 쓸쓸하다. 놀이터가 있지만 놀 아이들이 사라진 지 오래인 모양이다. 시든 풀밭 위에 그네 기둥이 늑골을 드러낸 채 널브러져 있다. 아파트도 사람도 같이 늙어 가고 있다는 걸 실감한다. 되짚어 올라오다 보니 다른 아파트와 달리 큼직한 부동산 간판이 '헐릴 아파트'임을 강변하고 있다.

오래 전부터 철거된다는 소문이 나돌았다. 하지만 시와 주민 사이의 이견으로 자꾸 지연되고 있다고 한다. 상당수의 가구는 이미 떠났다는데 나머지 주민들과의 협상이 쉽지 않은 것 같다. 하지만 이별의 카운트다운에 들어갔다는 느낌은 곳곳에서 볼 수 있다.

두 번째 찾아갔던 2008년 1월 말에는 긴박감이 훨씬 더했다. 곳곳에 보상과 관련한 플래카드가 붙어 있었고 이삿짐을 나르는 차가 드나들고 있었다. 그렇다고 그리 서글퍼할 일은 아니다. 건물 하나 스러진다고 모든 것이 스러지기야 하랴. 이곳에 살던 사람들의 삶은 또 어디선가 끈질기게 이어질 것이다. 창문으로 새어나오는 불빛은 여전히 눈물겹다. 따뜻한 피를 가진 사람들이 숨 쉬는 공간, 내 유년기의 어머니 품처럼 포근해 보인다.

기행 수첩

회현시범아파트가 관광지나 구경거리는 분명 아닙니다. 다른 아파트와 마찬가지로 사람들이 모여 사는 집단 주거지일 뿐입니다. 하지만 '마지막'이란 이름표를 달아 놓으니 꽤 의미 있어 보이는 것도 사실입니다. 게다가 영화나 드라마 촬영지로 이름을 얻은 곳이라 더욱 관심이 갈 수 있습니다. 언제 헐릴지 모르는 '마지막 시민아파트'를 보고 싶다면 서울 지하철 4호선을 타면 됩니다. 회현역 3번 출구로 나와 첫 번째 만나는 골목('남산 가는 길'이라는 간판을 따라가면 됨)으로 들어가서 회현동 주민센터를 끼고 오른쪽으로 곧장 올라가면 만날 수 있습니다. 물론 남산공원 쪽에서 내려가는 길도 있습니다. 부탁하고 싶은 것은, 그곳 주민들의 삶을 방해하지 않는 범위의 '견학'이었으면 좋겠습니다. 이 책이 나올 때까지 시범아파트가 존재해 주기를 기대해 봅니다.

연탄

고난을 함께해 온 '검은 보석'

형택이가 죽었다. 아침부터 뭔가 낌새가 이상했었다. 누가 정해 놓기라도 한 것처럼, 항상 가장 먼저 등교하는 형택이가 조회 시간이 다 되도록 나타나지 않았다. 형택이가 지각을 한다는 건 아침에 해가 뜨지 않았거나 선생님이 숙제 검사를 잊어버린 것만큼이나 낯선 일이었다. 형택이는 아이의 짝이었다. 동네는 서로 달랐지만 반에서 가장 친한 친구기도 했다. 형택이와 같은 동네에 사는 아이들을 찾아다니며 물어봤지만 모두 고개를 저을 뿐이었다. 이상한 일은 또 있었다. 조회 시간 종이 울려도 선생님이 나타나지 않았다. 반장이 교무실에 가봤지만 "기다리라"는 말만 듣고 그냥 돌아왔다. 한참 시간이 지나서야 선생님이 교실로 들어왔다. 침통한 얼굴이었다. 선생님이 무겁게 입을 열었다. "형택이는 이제 학교에 나오지 못한다."

아이는 선생님이 더 이상 말하지 않아도 알 수 있었다. 형택이는 죽었다. 1교시 수업이 끝났을 때에는 소문이 벌써 화장실에서 기다리고 있었다. 형택이네 가족이 모두 죽었다는 것이었다. 원흉은 역시 연탄가스였다. 작년 종구네 식구들이 그렇게 죽은 뒤로 두 번째 참변이었다. 아이는 학교 뒤 으슥한 빈 공간, 형택이와 둘이서 자주 놀던 곳을 찾아가 펑펑 울었다. 2교시 시작종소리가 아이의 가슴에서 땡땡땡 울렸다.

아이는 슬프고도 무서웠다. 자신도 언젠가는 형택이처럼 죽을지 모른다는 생각이 머릿속을 떠나지 않았다. 할머니는 잠자리에 들기 전에 꼬박꼬박 동치미 국물을 머리맡에 떠다 놓았다. "자다가 속이 메슥거리거나 어지러우면 문부터 열고 이걸 마셔라." 동치미 국물을 떠다 놓을 때마다 손자들에게 당부하고는 했지만 아이는 여전히 미심쩍었다. 일가족을 하룻밤 사이에 죽일 만큼 무서운 연탄가스가 그깟 동치미 국물을 두려워할 것 같지 않았다. 나무를 때던 시절, 곳곳의 틈에서 매캐한 연기가 올라오고는 하던 방이었다. 그러니 연탄불을 피우는 지금, 형태도 없고 보이지도 않는다는 연탄가스는 얼마나 많이 새어 들어올까. 그리 생각해서인지 아침에 일어날 때면 머리가 무거웠다. 나무 때던 시절이 그리웠다. 나무를 하러 갈 때마다 그렇게 지겨웠는데…….

1960년대를 정점으로 연탄의 급격한 보급 확대는 일종의 생활 혁명을 가져왔다. 베어내고 긁어내어 늙은 짐승의 등처럼 헐벗은 산들은 갈수록 땔감을 공급하는 데 인색해졌다. 나라에서는 홍수 방지라는 명분을 내세워 나무 채취를 엄격하게 금했다. 그 상황에서 유일한 대안이 연탄이었다. 연탄은 하루 종일 방을 따뜻하게 해 줬고 언제나 밥과 국을 끓일 수 있는 매력적인 연료였다. 도시는 물론 농어촌에서도 앞 다퉈 연탄 화덕을 들여놓을 수밖에 없었다.

무연탄은 화력도 좋고 값도 비교적 싼 편이었다. 그래도 서민들에게 연탄 값은 그리 만만치 않았다. 그래서 가난한 집과 부잣집을 나누는 잣대가 되기도 했다. 부잣집들은 온 겨울을 날 수 있을 만큼 창고에 쌓아 놓고 땔 수 있었지만, 가난한 사람들은 돈이 생기는 대로 한두 장씩 사다 쓸 수밖에 없었다. 도시의 저녁 무렵 새끼줄에 연탄 한두 장을 꿰어 들고 골목길을 올라가는 가장의 등 굽은 뒷모습을 보는 건 그리 어렵지 않았다. 그 당시 서민들의 꿈은, 독에 쌀을 가득 채우고 광에 연탄을 높다랗게 쌓아 보는 것이었다.

연탄은 생활을 편리하게 해 줬지만 불편한 점도 많았다. 제대로만 갈아주면 몇 년이라도 꺼질 리 없는 게 연탄이었지만, 새벽에 깜박 시간을 놓치면 그대로 꺼져 버렸다. 하루 벌어 하루 먹고사는 집에서는 갈아줄 연탄이 없어서 가장이 사들고 올 때까지 눈물을 머금고 꺼트리기도 했다. 한번 달궈지면 밤새 따뜻하던 구들장과 달리 얇디얇은 시멘트 방바닥은 금세 식어 버렸다. 새벽녘 연탄불이 꺼진 뒤, 아이들은 바들바들 떨고 가게 문은 안 열리고, 주부들의 가슴은 연탄처럼 새까맣게 타 들어갔다. 그러다 날이 밝으면 부리나케 달려가서 번개탄(착화탄)을 사다가 불을 붙였다. 번개탄이 나오기 전에는 숯불을 피워 살리거나 옆집으로 밑불을 얻으러 다녀야 했다.

추울 때는 무턱대고 불문(공기구멍)을 열어 놓았다가 비닐장판을 새까맣게 태우고, 연탄은 후르르 타 버리는 경우도 빈번했다. 연탄을 갈 때 가장 곤혹스러운 건 불붙은 연탄이 서로 달라붙어 떨어지지 않을 때였다. 타 버린 아래 연탄을 떼어 내야 위의 연탄을 아래에 넣고 새 연탄을 올리게 되는데 이게 서로 붙어 버리면 난감했다. 성급하게 두드리다가 위 연탄까지 깨지는 경우도 있었다. 이런 땐 녹슨 식칼로 떼어 내기도 하고 삽 같은 도구를 동원하기도 했다. 연탄 구멍을 맞추는 일도 나름 노하우가 필요한 작업이었다. 아래와 위 연탄의 구멍을 잘 맞춰야 쉽게 불이 옮겨 붙는 것은 물론 연탄이 골고루 타고 가스도 적게 발생한다. 하지만 이 작업이 생각만큼 쉬운 게 아니라서 초보자들은 이리 돌리

고 저리 돌리며 낑낑거려야 했다. 한참 그러다 보면 가스를 들이마시게 되어 울렁울렁 어지럼증에 시달리고는 했다. 아궁이에 밀어 넣고 당기던 연탄 화덕이 보일러로 진화한 뒤에는 많이 편해졌지만, 물통을 연결하는 고무호스가 녹아 뜨거운 물이 쏟아지는 경우도 종종 있었다.

그렇건 말건 아이들은 즐거웠다. 연탄불에 별별 걸 다해 먹었다. 라면을 끓이고 가래떡이나 쥐포를 구워 먹는 건 기본이었다. 국자에 '달고나'를 해 먹을 때도 연탄불이 요긴하게 쓰였다. 까맣게 탄 국자를 뒤늦게 감춰 보지만 저녁에 들어온 어머니에게 들켜 경을 치는 경우도 다반사였다.

국내에서 연탄이 처음 만들어진 것은 대한제국 시절 일본인에 의해서라고 한다. 1960년대는 연탄 산업의 전성기였다. 1963년 말 국내의 연탄 공장은 400여

개에 달했다. 하지만 영원히 서민들의 곁을 지킬 것 같았던 연탄도 세월의 창날을 비껴가지는 못했다. 기름보일러가 보급되고 도시가스 같은 청정연료를 쓰게 되면서 석탄 소비는 급격히 줄어들었다. 1990년대 초 '석탄 산업 합리화 정책'이 시행되면서 석탄 산업은 본격적인 정리 단계에 접어들었다. 탄광은 대부분 폐쇄되고 도시에 자리 잡고 있던 연탄 공장들도 외곽으로 밀려나거나 문을 닫았다. 달동네에 공급되거나 비닐온실 난방용으로 근근이 명맥을 유지하긴 했지만 연탄의 시대가 막을 내렸음은 누구도 부정할 수 없었다.

하지만 최근 이상 현상이 나타나고 있다. 경기가 맥을 못 추고 서민들의 살림살이가 어려워지면서 연탄 소비가 다시 증가하고 있다는 것이다. 기름보일러를 연탄보일러로 바꾸는 집도 늘고 있다. 연탄 값도 꽤 올랐다고 한다. 때마침 불어온 복고 바람 때문인지 거리에서 연탄 구이집을 보는 것도 어렵지 않다. 그러고 보면 연탄의 시대는 막을 내렸을지 몰라도 연탄으로 상징되던 고난의 시대는 계속되고 있는지도 모른다. 지금도 찬바람이 기웃거리는 어느 골목길에는 늙은 어머니와 가난한 누이들이 터져 나오는 기침을 깨물며 하얗게 사윈 서러움을 연탄재처럼 쌓아 가고 있을지도…….

등잔

세월 가도 불빛만은 가슴에

심지를 조금 내려야겠다

내가 밝힐 수 있는 만큼의 빛이 있는데

심지만 뽑아 올려 등잔불 더 밝히려 하다

그으름만 내는 건 얼마나 어리석은 일인가

잠깐 더 태우며 빛을 낸들 무엇하랴

욕심으로 타는 연기에 눈 제대로 뜰 수 없는데

결국은 심지만 못 쓰게 되고 마는데

들기름 콩기름 더 많이 넣지 않아서

방안 하나 겨우 비추고 있는 게 아니다

내 등잔이 이 정도 담으면
넉넉하기 때문이다
넘치면 나를 태우고
소나무 등잔대 쓰러뜨리고
창호지와 문설주 불사르기 때문이다

욕심 부리지 않으면 은은히 밝은
내 마음의 등잔이여
분에 넘치지 않으면 법구경 한 권
거뜬히 읽을 수 있는
따뜻한 마음의 빛이여

— 도종환의 〈등잔〉 전문

아이가 전기라는 존재와 처음 만난 것은 초등학교 6학년이 되던 해였다. 아이는 훗날 도시인으로 편입된 뒤에도 그날의 충격을 영 떨쳐내지 못했다. 전기가 처음 들어오던 날, 동네 어른 하나가 떨리는 손으로 스위치를 올렸을 때 팟!!! 하고 눈을 찌르며 달려들던 불빛. 쇠망치로 뒤통수를 한 대 맞은 듯 충격적이었다. 믿었던 것으로부터 배신이라도 당한 것처럼 당혹스럽기 그지없었다.

전기를 만나기 전까지 밤, 즉 어둠은 딱지를 몰래 숨겨둔 뒷산의 작은 굴처럼

적당한 은밀함이 있었다. 그래서 땅거미가 물고 와 마당을 지나 토방과 마루를 거쳐 방으로 입장하는 밤은, 새아씨의 자태처럼 매일매일 설렘을 동반했다. 밤은 좀 너른 품으로 맞아야 했다. 어둠 속에서 방바닥을 기어 다니는 '설렝이' 한두 마리쯤과는 같은 잠자리를 쓸 줄 알아야 했고, 개복숭아에 들어 있는 벌레는 단백질로 생각하고 그대로 삼켜야 했다. 아이는 전기의 충격에서 깨어나자마자 그런 시절은 다시 돌아오지 않을 거란 걸 깨닫고 말았다.

등잔불이란 게 그랬다. 아무리 심지를 돋워도 어느 정도 이상의 빛을 내어 주진 않았다. 그을음만 신경질적으로 뿜어낼 뿐이었다. 등잔이 특별히 인색해서가 아니라 그렇게 만들어져 있었다. 과도함은 부족함만 못하다는 걸 몸으로 말해 줬다. 어쩌면 그 정도의 빛이 삶을 영위하는 데 적절한 것인지도 몰랐다. 인간이 인위적으로 만들어 내는 빛은 등잔불만큼이어야 밤하늘의 별도 제대로 반짝이고, 반딧불도 소중해지는 것이었을 게다. 어쩌면 인간은 전기가 발명된 뒤로 가장 소중한 것을 잃기 시작했는지도 모른다. 잃어버린 것, 그걸 꿈이라고 불러도 좋을 것이다.

아이의 어머니는 그 침침한(전깃불을 만나기 전까지는 침침함이라는 말을 잘 몰랐다.) 불빛 아래서 바느질을 했다. 어머니가 등잔불 아래서 꿰맨 옷을 보면, 재봉틀로 바느질한 것처럼 한 땀 한 땀 간격이 똑같았다. 자다가 오줌이 마려워서 일어나 보면 어머니는 초저녁과 똑같은 자리에 앉아 미동도 없이 바느질을 하고 있었다. 아이는 "뒤를 돌아보는 바람에 돌이 되었다"던 옛날 얘기처럼, 어머니도 돌이 되어 굳었을지도 모른다는 생각에 조심조심 불러보고는 했다. 그러면 어머니는 "꿈꿨냐? 오줌 누고 어여 자라." 한마디를 남기고 또 바느질에 빠져 들었다. 아이의 어머니는 훗날 고백했다. "전깃불이 들어온 뒤로는 당최 바늘이 헛먹어서 고생하지 않았겠냐?"

아이도 아이의 친구들도 등잔 불빛 아래서 숙제를 하고 연도 만들고 딱지도 접었다. 그래도 공책의 글자는 제법 반듯했고 연도 하늘을 훨훨 날았다. 아이들이 밤에 자지 않고 오래 놀고 있으면, 할머니는 걱정이 백태처럼 낀 목소리로 일렀다. "지름(기름, 석유) 닳는다. 어여 불 끄고 자거라." 그 말은 "배 꺼진다. 어여 자거라"라는 말과 가끔 교대됐지만, 아이는 그 두 가지 말이 서로 다르다고 생각해 본 적은 없었다.

등잔보다 조금 밝은 것은 남포등이었다. 밝기로야 촛불도 등잔보다는 훨씬 나았지만, 제사를 지내는 날이 아니면 구경하기 힘들었다. 아이의 집에도 남포등이 하나 있었는데 그것 역시 아무 때나 켜지는 않았다. 늦게까지 마당에서 일을 할 때나, 아버지가 먼 길을 떠났을 때만 내걸었다. 아버지가 올 때가 지났는데도 소식이 없으면, 할머니는 꼭꼭 숨겨 두었던 석유병을 꺼내 남포에 조심스레 담았다. 불을 켜 처마 밑에 매달면서 주문인지 기원인지를 쉬지 않고 외웠다. 그래야 길 떠난 아들이 그 불빛을 보고, 자갈길에 넘어지지 않고 냇물에 빠지지 않을 거라고, 그래서 집으로 무사히 돌아올 거라고 믿는 듯했다.

전기가 안 들어가는 곳이 거의 없는 지금, 등잔을 보기란 쉽지 않다. 사냥꾼의 총에 넘어진 짐승의 박제처럼 박물관이나 카페의 장식물로 남아 있거나, 몇몇 사람들의 가슴에서 작은 불을 밝히고 있을 뿐이다. 가슴속의 등잔은 성인이 된 아이에게 항상 말한다. “두 눈에 보이는 게 세상의 전부는 아니다.” 남포를 꺼내 닦던 할머니와, 할머니가 밝혀 준 불빛으로 무사히 돌아오던 아버지……. 할머니도 남포등도 아버지도 세월 속으로 걸어 들어가 존재하지 않지만, 그 어떤 바람도 가슴속 등잔불까지 끌 수는 없을 것이다.

손재봉틀

어머니의 한숨 타고 다르르~

어머니는 마술사였습니다.

재봉틀 앞에만 앉으면 원하는 것을 뚝딱 만들어 냈습니다.

어머니가 쓰던 재봉틀은 손으로 돌리는 앉은뱅이였습니다.

어느 때 보면, 어머니는 마치 재봉틀과 한 몸인 것 같았습니다.

가물거리는 호롱불 아래서도 바늘은 거침없이 달렸습니다.

아버지의 낡은 옷이 하룻밤을 지나면 우리 형제의 새 옷으로 바뀌기도 했습니다.

등잔불 아래서 옷이 만들어지는 과정을 곁에서 지켜볼 때가 있었습니다.

하지만 바늘이 움직이는 모습에 금세 눈과 정신을 빼앗겼다가, 종내는 최면술에라도 걸린 것처럼 스르르 잠들고 말았습니다.

그때마다 꿈결에서 재봉틀 소리를 들었습니다.

도르르 드르르~ 다르르르~

자장가 같기도 했고, 누군가의 숨죽인 울음 같기도 했습니다.

오줌이 마려워 깨어 보면 어머니는 미동도 없이 재봉틀을 돌리고 있었습니다.

재봉틀은 어머니가 시집 올 때 혼수로 가져온 것이라고 했습니다.

다른 집들은 발로 구르는 재봉틀을 갖고 있었지만, 우리 집의 손재봉틀은 세월이 가도 바뀔 줄 몰랐습니다.

발재봉틀은 두 손을 다 쓸 수 있어서 훨씬 편리했습니다.

하지만 어머니는 손재봉틀로도 다른 사람들보다 훨씬 더 옷을 잘 만들었습

니다.

어머니는, 기우는 가세에 살림이 조금씩 실려 나갈 때도 재봉틀만큼은 놓지 않았습니다.

어머니의 애정 어린 손길 덕에 재봉틀은 항상 반짝반짝 빛났습니다.

어머니가 만드는 것은 우리 형제들 옷만은 아니었습니다.

동네 사람들의 옷을 수선하거나 가져온 천으로 새 옷을 만들어 주기도 했습니다.

그런 때는 자주 밤을 새웠습니다.

어머니의 그런 노고가 한 됫박의 양식과 바꿔졌습니다.

우리는 당신의 노고보다는 배불리 먹을 수 있는 한 끼 밥에 더 관심이 많았습니다.

그 뒤로도 세월은 노한 파도처럼 거칠게 흘렀고, 미친 듯 부는 바람 속 어디론가 어머니의 재봉틀은 사라져 버렸습니다.

어머니는 꿈속에서만 바느질을 했습니다.

괘종시계

박제가 된 할아버지의 시간

할머니는 괘종시계 태엽만큼은 당신이 직접 감았습니다.

세월의 채찍질에 지칠 법도 하건만, 그렇게 사랑한 손자들에게도 '태엽권' 을 넘겨주는 법이 없었습니다.

'시계불알' 의 움직임이 조금 둔해질 만하면, 받침대를 놓고 올라가 꼼꼼하게 태엽을 감았습니다.

뻑뻑한 느낌이 들면 기름 쳐 주는 일도 잊지 않았고요.

시계는 할아버지의 유물이었습니다.

할아버지가 쌀섬을 배에 싣고, 그때만 해도 큰 장이 서던 강경 포구에 가서 사온 거라고 했습니다.

시계가 처음 집에 들어왔을 때는 얼마나 신기했던지 동네 사람은 물론, 근동

사람이 차례로 구경을 왔더랍니다.

우스갯소리겠지만, 시계를 보겠다는 일념에 멀리서 주먹밥을 싸 들고 찾아온 사람도 있었다지요.

그 시계를 사 온 뒤 몇 년이 지나고, 할아버지는 전답을 처분하더니 뭉칫돈을 싸 들고 어느 날 집을 떠났답니다.

간도라고도 하고, 아오지 탄광이라고도 하고, 아무튼 할머니는 할아버지가 '북선(北鮮)' 을 유랑하고 있다는 소식을 풍문으로 들었다지요.

할아버지가 돌아온 건 삼팔선이란 게 생길 무렵이었습니다.

그곳에서 돈을 벌었는지 독립운동이라도 했는지는 모르지만, 집에 도착했을 땐 '거지꼴' 이었습니다.

삼팔선에서 모든 걸 빼앗겼다는 말만 들을 수 있었답니다.

할아버지는 집에 돌아온 뒤 바로 자리에 누웠는데 종내 일어나지 못하고 눈을 감았다지요.

할아버지가 떠나고 난 집에는 빚과 괘종시계만 남았습니다.

말은 하지 않았지만, 할머니는 그런 남편이 몹시도 원망스러웠을 겁니다.

그런데도 유일한 유물인 괘종시계를 끔찍하게 아꼈습니다.

사람은 떠났지만, 떠난 이의 뒤에 남은 시간만큼은 계속 돌리고 싶었는지도 모르지요.

세월이 흐르고 할머니마저 떠난 뒤 시계에 태엽을 감는 사람은 없었습니다.

태엽을 감지 않아도 되는 시계는 얼마든지 있었습니다.

할아버지의 시계가 돌아가지 않아도 시간은 잠시도 멈추지 않고 약속한 대로 흘렀습니다.

할아버지와 할머니의 시간은, 박제가 되어 시계 대신 걸렸습니다.

도시락

추억이 보리알처럼 박혀 있는

도시락은 사라지지 않았다. 아니, 인간이 존재하는 한 사라지지 않을 것이다. 사라지기는커녕 갈수록 맛있고 영양 만점인 도시락들이 쏟아져 나오고 있다. 도시락은 더 이상, 한 끼를 때우기 위해 먹는 대용품이 아니다. 식도락가들의 까다로운 구미를 맞추는 데까지 발전했다. 하지만 어려운 시절에 눈물과 함께 먹던 그 도시락은 이제 없다. 오래 전에 이 땅에서 사라졌다.

먹어도 먹어도 배가 고팠던 도시락, 시커먼 보리밥 덩어리가 부끄러웠던 도시락, 딸그락딸그락 소리를 내던 양은도시락……. 급식이 보편화된 지금, 학교에서는 도시락을 볼 수 없지만 과거엔 '책보다 중요한' 게 도시락이었다. 나라 전체가 가난했던 시절, 도시락 검사라는 걸 했다. 쌀이 부족하다는 이유로 혼식을 강요당하던 때였다. 눈치가 좀 부족했던 부잣집 엄마들은 자식에게 쌀밥만

싸 줬다. 보리밥을 싸 달라고 졸라도 막무가내였다. “내 귀한 새끼 내가 잘 먹인다는데 지들이 뭐라고…….” 그래서 도시락 검사시간 전에 진풍경이 벌어지곤 했다. 부잣집 아이들이 가난한 집 아이들에게 보리알을 빌리러 다녔다.

옹기종기 모여 앉아서 나눠 먹던 도시락. 젓가락만 가져와 십시일반을 외치며 밥을 공출해 가던 ‘우리들의 일그러진 영웅’ 들. 그들도 이제는 없다.

#1

이불을 파고든 지 오래건만 아이는 잠을 못 이루고 뒤척거린다. 가슴이 풍선처럼 부풀어 오른다. 내일은 처음으로 도시락을 싸 가는 날이다. 소풍 갈 때 싸가지고 간 적은 있지만, 평일 날 학교에 도시락을 갖고 가는 건 처음이다. 저녁을 먹은 뒤 어머니가 “내일은 벤또를 싸 주마” 했을 때, 아이는 뛸 듯이 기뻤다. 얼마나 기다렸던 말인가. 이젠 아이들 앞에서 당당하게 도시락을 펼칠 수 있다. 다른 아이들이 도시락을 먹는 동안, 학교 뒤뜰을 배회하거나 담 밑에 쪼그리고 앉아 땅바닥에 그림이나 그렸던 게 한두 번이 아니었다.

아이들은 보통 3, 4학년만 되면 도시락을 싸 가지고 다녔다. 하지만 가난한 집 아이들에게 도시락이란 언감생심 쳐다보기 어려운 대상이었다. 도시락 하나를 채울 식량에 시래기 같은 잡동사니를 넣고 죽을 끓이면 온 가족이 먹을 한 끼 식사가 나오는 판이었다. 도시락 대신 감자나 고구마를 싸 가는 아이들도 꽤 있었지만, 그것 역시 사시사철 무한정으로 있는 건 아니었다. 봄이면 하루에 두

끼 먹기도 허덕거리는 집이 많은 시절이었다. 보릿고개는 늘 높았고 꺼진 배는 늘 깊었다.

도시락이라고 다 같은 도시락은 아니었다. 번듯한 양은도시락을 들고 다니는 애들도 있었지만, 어떤 애들은 집에서 쓰는 밥그릇에 싸 오기도 했다. 반찬이라 봐야 대개 시어 터진 김치나 짜디짠 장아찌가 전부였다. 새우젓을 싸 오는 애들도 있었다. 김치 국물이 흘러 배어든 책은 항상 퀴퀴한 냄새를 풍겼다. 너나 할 것 없이 비슷한 처지였기 때문에 특별히 흉이 될 것도, 타박하는 사람도 없었다. 밥 위에 계란부침이 얹혀 있거나 장조림을 싸 오는 애들은, 그야말로 부잣집 자식이었다. 그런 애들은 도시락 뚜껑을 다 열지도 못하고 조심스럽게 밥을 먹었다.

아무튼 아이도 '도시락 먹는 아이들' 대열에 합류하게 된 것이다. 하지만 도시락을 싸 주면 어머니의 밥이 사라진다는 사실을 아이가 알 리 없었다.

#2

하늘이 파랗다 못해 잉크빛으로 여물어 가고 있다. 학교 운동장이 유난히 시끌벅적하다. 운동회를 하루 앞두고 전교생이 모여 총연습을 하는 날이다. 6학년 형들은 모두 웃통을 벗어부치고 기마전 연습을 하고 있다. 땀에 젖은 아이들의 몸이, 초가을 햇살을 받아 흑요석처럼 빛난다. 3학년은 릴레이 연습이 한창이다. 시골의 운동회는 근동의 모든 사람들이 모여서 하루 종일 떠들썩하게 즐기는 잔치다. 그래서 선생님들은 1년 농사의 결과라도 보여 준다는 심정으로 최선을 다해 준비한다.

2교시가 끝난 뒤 전교생이 운동장에 모였다. 총연습은 대부분의 절차를 운동회와 똑같이 진행한다. 오전 연습이 끝나면 바로 점심시간이다. 배가 출출한 아이들이 운동장가 플라타너스 밑을 흘끔거린다. 그곳엔 아이들의 책보가 나란히 놓여 있다. 그 안에 도시락이 있다. 드디어 오전 연습이 끝났다는 방송과 함께 아이들이 우르르 플라타너스 밑으로 달려간다. 동작들이 잽싸다. 자신의 책보를 찾던 아이의 얼굴이 울상이 된다. 책보는 아무렇게나 풀어져 있고 그 안에 있어야 할 도시락이 없다. 운동회 연습을 하는 동안 누군가 실례한 것이다. 담장이 없는 학교 운동장에는 외부 사람들이 수시로 드나든다. 아이의 눈에 눈물이 그렁그렁 맺힌다.

#3

4교시가 시작되면서 아이들의 신경은 온통 난로로 쏠리기 시작한다. 난로에는 도시락이 탑처럼 쌓여져 있다. 아이는 도시락을 다른 아이들 것보다 아래에 놓지 못한 것이 못내 아쉽다. 도시락은 아래에 놓을수록 따끈해진다. 적당히 물을 뿌린 뒤 난로 위에 올려놓으면 뚜껑을 열었을 때 김이 모락모락 올라오면서 새로 한 밥처럼 따뜻하고 맛있다. 하지만 난로의 면적은 뻔하고 도시락은 많다 보니 아래를 차지하는 게 쉬운 일은 아니다. 싸움 깨나 한다는 녀석들이 아래를

차지하고, 그 다음은 그 똘마니들이 차지하기 일쑤다.

시간이 갈수록 구수하면서도 퀴퀴한 냄새가 교실에 가득 찬다. 그 냄새가 아이들의 목젖을 더욱 자극한다. 종도 안 쳤는데 선생님이 수업을 끝낸다. 아마 선생님 도시락도 교무실 난로 위에서 따끈따끈하게 데워지고 있을 것이다. 아이들이 우르르 달려들어 제 도시락을 찾아낸다. 여기저기서 딸그락거리는 소리가 흥겹다. 몇몇 아이들이 화장실에 가는 척, 슬그머니 교실을 빠져나간다.

#4

중학교에 들어간 뒤 첫 소풍날이다. 지난밤까지 비가 내렸는데, 아침엔 말짱하게 개었다. 봄꽃들이 소풍 길의 아이들에게 손을 흔들어 준다. 2, 3학년은 좀 멀리 가기도 하지만 1학년은 보통 학교에서 그리 멀지 않은 저수지가 목적지다. 소풍이라는 게 특별할 것도 없다. 목적지에 도착해서 인원 점검을 하다 보면 점심시간이 되고, 점심을 먹고 나서 오락시간을 갖고 적당히 놀다 돌아오면 그만이다. 그러니 소풍의 백미는 누가 뭐래도 점심시간이다. 인원 점검과 선생님의 몇 가지 주의사항이 끝나고 드디어 점심시간이다. 친한 아이들끼리 옹기종기 둘러앉아 도시락 뚜껑을 연다. 다른 아이들이야 음료수에 과자에 과일까지 이것저것 싸 온 눈치지만 아이는 김밥만으로도 충분하다.

김밥을 허겁지겁 집어먹던 아이의 시선이 한 곳에서 멈춰 버린다. 읍내에 사는 아이들의 김밥이 이상하다. 자고로 김밥이란 김에 밥을 싼 것이어야 하거늘,

김밥 속에 밥뿐 아니라 온갖 것들이 들어 있다. 언뜻 봐도 대충 내용물을 짐작할 수 있다. 달걀부침, 소시지, 시금치, 당근……. 언제 김밥이 저렇게 변했단 말인가. 한두 명이 아니라 대부분 그렇다. 산골에서만 살아온 아이에게는 듣도 보도 못한 김밥이다. 아이가 도시락 뚜껑을 슬그머니 닫고 돌아앉는다. 숲속에서 새 한 마리가 높이 날아오른다.

사진사

카메라가 있어 행복했던 날들

마누라의 심정을 아주 모르는 건 아니다. 돈을 벌어 오는 것도 아니면서, 아침마다 구부정한 어깨로 집을 나서는 남편이 맘에 들지 않았을 것이다. 그렇다고 일 나가는 사람의 뒤꼭지에 비수를 들이댈 건 뭐란 말인가. 아무리 별 볼일 없는 가장이라고 해도 그러는 게 아니다. 아, 그리고 뭐? 돈도 안 되는 거 때려치우고 단풍놀이나 가자고? 서천 소가 웃을 일이지. 언제부터 단풍놀이나 하고 살았다고…….

아침부터 낌새가 이상하긴 했다. 멀쩡하게 잘 다니던 직장을 때려치우고 사업인지 장산지 하겠다고 지 에미를 졸라대는 큰놈이 화근이었을 것이다. 녀석은 어젯밤에도 지 에미에게 뭔가 조르던 눈치더니, 늦게 집을 나가 돌아오지 않았다. 집이라도 처분해야 할 판이니, 밑돈 대 주는 게 어디 제 녀석 말처럼 쉬운 일인가. 다른 날 같으면 밥상머리에 앉아서 옆집 개 새끼 낳은 얘기라도 늘어놓던 마누라가 오늘따라 주방에 틀어박혀 나오지 않았다. 뭔가 단단히 꼬여 있는 게 틀림없었다. 결국 문을 나서는데 참았던 잔소리가 봇물처럼 터지고 말았다. "그 돈도 안 되는 거 때려치우고……." 허, 아무리 세상이 바뀌었다고, 마누라쟁이까지. 고리눈을 부릅뜨는 걸로 대답을 대신하고 나왔지만 내내 속이 편치 않다.

오늘따라 공원으로 올라가는 길이 유난히 가팔라 보인다. 담배를 끊은 지 여러 해 됐건만 아직도 숨이 그르렁거리고 가슴이 답답하다. 하지만 이 길이 아니면 갈 곳도 없다. 죽으나 사나 내 자리는 공원이다. 매점에 맡겼던 장비를 찾아 설치하고 완장을 두른 뒤 '사진 촬영' 깃발을 내건다. 카메라가 눈앞에 있으니 울렁증이 좀 가라앉는다. 이런 땐 담배로라도 헛헛한 속을 달랬으면 하는 생각이 굴뚝같지만 참을 수밖에 없다. 사람들에게 건강 때문이라고 했지만, 담뱃값을 조달하기에 벅차게 된 뒤로 담배를 끊었다. 담배야말로 공휴일이 없으니 아껴 피운다고 해도 한 달에 7만~8만 원이 후딱 들어간다.

매점의 김씨나 가끔 들락거릴 뿐 공원에 사람은 거의 없다. 비둘기 몇 마리가 뭔가 기대하는 눈길로 주위를 맴돈다. 내 주머니에서 좁쌀이라도 나오기를 바라는 것이겠지만 오늘은 놀아 줄 흥이 안 난다. 평일이라 그런지 올라오는 사람이 없다. 하긴 사람이 있든 없든 별 상관없어진 지 오래다. 매점 옆에 앉아 있는 사진사를 눈여겨보는 사람은 드물다. 가끔 가다 눈 어둔 시골 노인네들이 와서

기웃거려 보지만 거기서 끝이다.

내가 내내 공원의 사진사로 살아온 건 아니다. 메뚜기도 오뉴월이 있었듯이 내게도 좋은 시절은 있었다. 몇 해 전까지만 해도 잘 나가는 '행복사진관' 사장이었다. 사진을 찍게 된 건 군대서부터였다. 정말 우연한 계기였다. 사령부 정훈참모실 소속 사진병이 사고로 후송을 가게 되면서, 사회에서 카메라 몇 번 만져 봤다는 이유로 졸지에 사진병으로 차출되었다. 사진병이라고 날마다 사진을 찍는 건 아니었다. 남는 시간은 카메라를 분석하고 찍어 보는 데 할애할 수 있었다. 덕분에 제대할 무렵에는 제법 능숙한 '사진장이'가 되어 있었다.

사회에 나오면 카메라와는 인연을 놓을 줄 알았는데 그게 아니었다. 여기저기 이력서를 넣어 봤지만 취직은 쉽지 않았다. 그때 마침 모 건설회사에서 중동의 공사현장에 파견할 사진사를 뽑는다는 소식이 들려왔다. 운이 좋았던지 바로 고용되었고, 제법 괜찮은 대우를 받으면서 열사의 나라를 누빌 수 있었다. 돌아왔을 때는 꽤 많은 돈이 모아져 있었다. 나는 미련 없이 사표를 내고 사진관을 열었다.

내겐 참 좋은 시절이었다. 그 당시 이 나라의 먹고살 만한 백성들은 계기만 있으면 사진관을 찾았다. 아이 백일 때도 돌을 맞이해서도 사진을 찍었다. 그뿐인가. 아이가 학교에 들어갈 때도 졸업할 때도 사진을 찍었다. 그 아이가 커서 군대를 갈 때도 가족들이 한꺼번에 들이닥쳤다. 머리를 깎기 전에 찍어 둬야 한다는 것이었다. 그러니 재미가 쏠쏠할 수밖에 없었다. 자리가 잡히면서 결혼도

DP&E
현대 사진관
현대
사진관
출장촬영
당구
당구

하고 아이들도 낳았다. 그때는 내가 세상에서 가장 행복할 거라는 생각도 했다. 세월은 평탄을 가장하고 그렇게 흘렀다. 하지만 그 누구도 영원히 행복할 수 없다는 건 만고의 진리가 아니던가.

어느 날인가부터 사진관에 사람들의 발길이 뜸해지기 시작하더니, 종국에는 사람보다 파리가 더 많아졌다. 처음엔 내가 뭘 잘못해서 그렇겠지 생각했다. 하지만 그게 아니었다. 다른 사진관들도 죽을 쑤기는 마찬가지였다. 결국 깨달은 건 세상이 바뀌었다는 것이었다. 사람들은 언제부터인지 사진관에 가는 것에 흥미를 잃어버렸다. 누구나 사진관에서 찍던 돌사진마저 집에서 해결했다. 카메라의 급속한 보급은 온 국민에게 사진관이 있다는 사실 자체를 잊게 했다. 더구나 '행복사진관' 같은 구식 사진관은 주민등록증을 처음 내는 고등학생 외에는 찾는 사람이 없었다.

거기다 기름을 끼얹은 것은 디지털카메라의 등장이었다. 디카가 등장하면서 사진을 찍히는 시대는 찍는 시대로 바뀌었다. 한마디로 광풍이었다. 젊은이들의 호주머니에는 하나같이 디카가 들어 있었다. 필름 값이 들지 않으니 아무 곳에서나 셔터를 눌렀다. 그래서 이 땅의 사진사는 모두 사라지고 사진가만 남게 되었다. 전국의 '행복사진관' 들은 초토화되고 '○○스튜디오' 라는 세련된 이름을 가진 곳만 사진관의 명맥을 이었다.

눈물을 머금고 '행복사진관' 의 간판을 내렸다. 일을 하고 싶은데 세상은 내가 서 있을 자리를 허락하지 않았다. 처음에는 결혼식이라도 쫓아다녔지만 그나마도 날이 갈수록 젊은이들에게 밀렸다. 그래서 시작한 게 공원의 관광사진사였다. 이 공원에서 전부터 일하던 사진사가 친구였다. 그는 평생을 이 공원에서 카메라와 함께 보냈다. 그도 한때는 꽤 재미를 봤다. 그런 그가 아들 따라 미국으로 간다고, 선심 쓰듯 자리를 내주었다. 고맙지 않은 것은 아니었지만, 관광사진사야말로 좋은 시절이 다 간 뒤였다. 사람들은 신발은 잊어버려도 디카를 잊고 공원에 오는 법은 없었다.

피붙이처럼 아끼던 필름카메라를 장롱에 넣어 두고 디지털카메라를 구입했다. 느낌이든 색감이든 모든 게 낯설고 어설펐지만 정을 붙이는 수밖에 없었다. 즉석에서 사진을 뽑아 주면 경쟁력이 생길까 해서 포토프린터도 샀다. 하지만 달라지는 건 없었다. 누구나 자기들끼리 사진을 찍었다. 어쩌다 중년남녀를 꼬여 카메라 앞에 세워 보지만 심심풀이 이상의 의미는 없었다.

아내는 내가 공원에 나오는 걸 탐탁지 않게 여긴다. 구차해 보인다는 것이다. 하지만 집안에 들어앉아 있어도 따로 할 일이 없다. 어쩌다 집에 있으면 되레 안절부절못한다. 평생 사진만 찍어 온 내가 뭘 할 수 있겠는가. 나는 카메라 옆에 있을 때가 가장 기쁘다. 찍을 대상은 없지만 오늘도 양지바른 곳에 앉아 카메라와 진지하게 대화를 나눈다. 어차피 가는 세월과 바뀌는 물정이야 어쩌겠는가. 장롱 깊숙이 파묻힌 내 낡은 카메라처럼, 나도 머지않은 날에 땅속에 묻히겠지만, 그래도 난 지금 셔터를 누를 수 있는 힘이 있어 행복하다

※ 사진속의 인물은 글 내용과 관련이 없습니다.

이발사

세월이 앗아간 게 청춘뿐이랴

'꺽다리이발소' 가 문을 닫았다. 어차피 오늘이냐 내일이냐의 문제였기 때문에 새삼 놀랄 일은 아니었다. 그렇다고 아무렇지도 않았다는 건 아니다. 전화로 소식을 듣는 순간 가슴이 답답해지더니 하루 종일 일이 손에 잡히지 않았다. 하긴 일이 엿처럼 쩍쩍 들러붙었다고 해도, 손님이 들락거린 것이 아니었으니 결과는 마찬가지다. 꺽다리이발소의 주인 김장생 씨는, 내가 속해 있는 이발사 모임의 오랜 계원이다. 김씨의 이발소에는 '현대이발관' 이라는 간판이 버젓이 붙어 있다. 하지만 김씨의 키가 이발사로는 안 어울릴 정도로 껑충하게 큰데다, "변두리 이발소 주제에 무슨 '현대' 냐"고 계원들이 장난삼아 '꺽다리이발소' 라고 불렀다.

세월에 치여 지쳐 버린 내 또래 이발사들이라면 너나없이 그런 편이지만, 김씨 역시 몇 해 전부터 문을 닫는다는 말을 자주 해 왔다. 하루 종일 혼자 앉아 있을 때가 많으니 혈압만 자꾸 올라간다는 것이었다. 이발소 덕에 잘 먹고 잘 자라서 한자리씩 하는 자식들도 이젠 이발사 아비를 그리 달가워하는 것 같지 않다고 고백하기도 했다. 그럴 때마다 계원들이 말려서 주저앉혔다. 입술이 없으면 이가 시리다고, 누가 문을 닫으면 다음은 내 차례지 싶어 내심 두려워하는 속마음도 작용했다.

지금이야 황혼녘의 노인들이 주고객이지만 나도 한때는 잘 나가던 이발사였다. 이발소가 시내에 있던 젊은 시절, 머리 잘 깎는다는 소리도 많이 들었다. 밀려드는 손님에 즐거운 비명을 지르기도 했다. 조수를 두엇 둬야 할 만큼 바빴다. 애초에 이발사가 된 건 내 뜻은 아니었다. 밑이 찢어져라 가난하게 살았던 아버지가 이발사 되기를 권했다. 어느 날 "네가 평생 먹고살기에는 이만 한 게 없을 게다"라면서 동네 이발소의 머리감개로 넣어 주었다. 머리감개 몇 년 만에 '바리캉' 을 잡을 수 있었다. 학생들이 검은 교복에 머리를 박박 밀던 시절이니 멋을 내고 자시고 할 것도 없었다. 기계충(두부백선)으로 머리에 동전만 한 '땜빵' 이 생긴 아이들도 많았다. 어려웠던 시절이었다. 돈이 없어 아이들 머리를 못 깎이다가 명절 때나 돼야 줄줄이 끌고 오는 집들도 있었다. 설이나 추석을 앞두고는 밤을 새우다시피 했다. 시골에서는 머리 깎은 삯으로 곡식자루를 들고 오기도 하던 때였다.

머리가 조금 굵어지고 이발이나 면도가 손에 익을 만할 무렵엔 이발소에 간

염색
고데

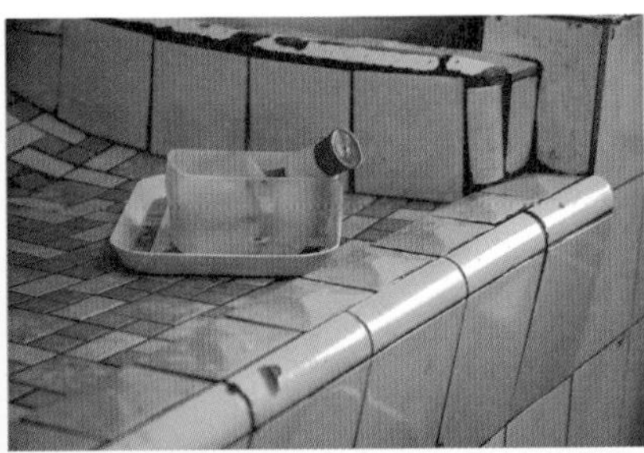

혀 지내는 게 너무 답답했다. 몇 번 뛰쳐나갈 생각도 해봤지만 결국은 주저앉고 말았다. 그러고 나니 천직이다 싶기도 했다. 결혼도 하고 아이들도 낳아서 별 탈 없이 길렀다.

내 생전에 이발소는 황금기만 있을 줄 알았다. 인구는 늘어나는데 남자치고 이발을 하지 않는 사람은 거의 없었으니 그렇게 생각할 만도 했다. 1970년대 말이었던가, 젊은이들 사이에 장발바람이 불어 이발소를 소 닭 보듯 할 때도 밥 굶는다는 이발소는 없었다. 어차피 상투를 틀거나 땋아 내리지 않을 바에야 언젠가는 이발소에 와야 했다. 그러나 아무리 높이 솟았던 해라도 석양을 피할 수는 없다는 게 세상의 이치가 아니던가. 딱히 언제부터라고 꼽기는 쉽지 않다. 이발소에 손님이 줄기 시작했다. 이발소 안에 있으면 세상 돌아가는 이야기를 제법 주워듣는데도, 직접 경험한 게 별로 없으니 세상을 미리 읽고 판단하는 능력은 떨어지게 마련이다. 손님이 줄기 시작하면서 좀 이상하다는 생각이 들긴 했지만 일시적인 현상이거나 가까운 곳에 서비스 좋은 이발소라도 개업했으려니 했다. 그런데 그게 아니었다. 손님은 해가 갈수록 줄었다. 그래서 이번엔 내 이발소가 워낙 구식이라 그런가 생각했다. 초현대식 설비에 예쁜 면도사를 두고 안마니 뭐니 극진한 서비스를 하는 이발소들이 자꾸 생겨난다는 것쯤은 알고 있었다. 난 그렇게까지 하고 싶지는 않았다. 이발소는 누가 뭐래도 머리를 깎는 곳이어야 했다.

하지만 내 이발소를 둘러볼 때마다 문제가 좀 있다는 생각이 들지 않는 건 아니었다. 오랜 세월 함께하는 바람에 번들거리는 가죽의자는 그렇다 쳐도, 타일이 떨어져나간 구식 세발대(洗髮臺)와 파란 플라스틱 조루는 내가 봐도 좀 심하다 싶었다. 가죽띠에 썩썩 갈아서 날을 세우는 일자면도기와 십 수 년 써온 바리캉도 여전히 빛나고 있었지만, 시절이 다 했음을 숨길 수는 없었다. 평소에 있는 듯 없는 듯 했던 위생함 같은 것까지 눈에 거슬렸다. 힘닿는 대로 하나씩 바꿔봤지만 떠난 손님이 돌아오는 기미는 없었다. 가끔씩 초로의 사내들이나 들를 뿐, 학생들까지 내 이발소를 비켜 지나갔다.

이발소에 발길을 끊은 이들이 가는 곳이 미용실이라는 건 누가 말해 주지 않아도 알 수 있었다. 세상에! 사내 녀석들이 어디 갈 곳이 없어서……. 그렇게 혼자 한탄해 보지만, 사실 공허하기 그지없었다. 그래도 그렇지. 미용실이 어디 남자들 머리를 깎는 곳이던가. 남자 머리는 싹둑싹둑 잘라내면 안 된다. 사각사각 깎아야 한다. 이발한 머리를 보면 그 차이를 금세 알 수 있다. 하지만 싹둑싹둑이든 사각사각이든 깎는 방법이 무슨 소용이란 말인가. 미용실에서 자른 머리는 세련되고, 이발소에서 깎은 머리는 고리타분해 보인다는 세상에.

중심가에 있던 이발소를 처분하고 시 외곽으로 물러앉은 게 몇 해 전이었다. 나만 그런 게 아니었다. 아예 시골로 내려가는 이발사도 있었다. 계원 중 한 사람인 조명수 씨가 최근 협회에서 들었다는 얘기는 냉혹한 현실을 다시 한번 확인시켜 줬다. 한때 9만 곳을 헤아리던 이발소가 채 2만 곳도 남지 않았다는 것이다. 반면 미용실은 12만 곳으로 늘었다고 한다. 아프지만 받아들이지 않을 도리가 없다. 꺽다리 이발소의 김씨도 이런 현실이 힘겨웠을 것이다.

하지만 난 이대로 물러나지는 않을 것이다. 이발소는 이발소고 미용실은 미용실이다. 지금도 내 솜씨를 잊지 못해 멀리서 찾아오는 손님들이 꽤 있다. 그들은 내게 머리를 맡기지 않으면 깎다 만 것 같아 찜찜하다고 고백한다. 듣기 좋은 소리로 그러겠지만, 몇몇 사람은 나를 '이발 명장(名匠)' 이라고 불러 준다. 풀빵을 팔아도 사장님 소리를 듣는 세상에, 이발관 주인이라 하여 관장이라든가, 이발소니 소장이라든가, 이용원이니 원장이라 불려 본 적 한 번 없었다. 그런 이름에 욕심을 내 본 적도 없었다. '머리 잘 깎는 이발사' 면 족했다. 그래서 명장이라는 이름은, 비록 농담일지라도 날 행복하게 한다. 새삼 화려했던 날의 부활을 꿈꾸는 건 아니지만 아직 가위를 놓을 수 없다. 단 한 명이라도 나를 필요로 하는 사람이 있다면, 나는 이곳에서 그가 올 때까지 기다릴 것이다.

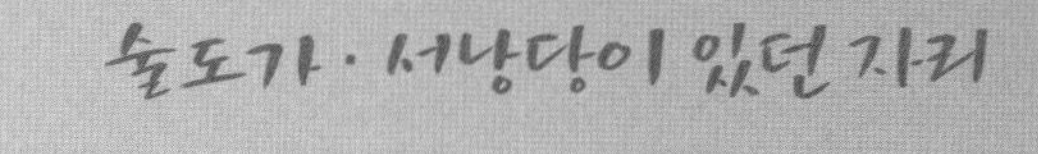

전통혼례 얼싸 좋다~ 갑순이 시집가네

전통장례 마지막 유월장(踰月葬)을 보다

줄타기 줄 위 재담에 온갖 시름 '훌훌'

서커스 그 겨울, 한 아이가 흘린 눈물

서낭당 마을을 보듬고 지키던 수호신

굿 땅의 메시지를 하늘에 전하고

키질 어머니의 가장 아름다운 모습

술도가 사랑 받던 국민주(酒)의 산실

전통혼례

얼싸 좋다~ 갑순이 시집가네

잔치가 열리기 여러 날 전부터 마을은 풍선처럼 부풀어 오르기 시작한다. 아이들은 괜스레 이리저리 내닫고, 그 뒤를 동네 강아지들이 겅중겅중 따른다. 모둠 지어 사는 전통 농경 사회에서 혼인은 마을 전체의 잔치였다. 아니, 그 마을뿐 아니라 이웃 마을까지도 들뜨게 했다. 혼례 전날은 분위기가 절정에 달한다. 혼사가 있는 집엔 근동의 아낙들이 몰려들어 전을 부치고 떡을 하느라 시끌벅적하다. 아이들은 엄마를 찾는다는 핑계를 앞세워 잔칫집 이곳저곳을 누빈다. 엄마들은 눈짓으로 타박을 주면서도 전 한 장을 얼른 집어 아이 호주머니에 찔러 준다. 모두가 배고픈 시절, 혼주는 그런 모습을 보고도 눈을 질금 감기 마련이다. 좋은 날인데다 어차피 나누기 위한 음식이니 말릴 일도 아니다.

밑이 찢어지도록 가난하지 않은 다음에야, 혼사를 치르는 집은 빚을 내서라

도 돼지 한 마리는 잡기 마련이다. 딸이 장성한 집들은 아예 혼사용으로 돼지를 키우기도 한다. 너른 마당에는 돼지를 잡기 위해 남정네들이 모여든다. 마당 한 쪽에 걸어놓은 무쇠 솥에서는 물이 펄펄 끓는다. 힘깨나 쓰는 남자가 도끼를 잡고 돼지를 어르다가 어느 순간 두개골 깊숙이 박아 넣는다. 외마디 비명을 지른 돼지가 파르르 떨다가 숨을 거둔다. 아이들은 무서움에 침을 꼴깍꼴깍 삼키면서도 도망치지 않는다. 어른들이 저만치 가서 놀라고 몰아대지만, 주춤주춤 물러서는 시늉만 하다가 다시 모여든다. 혹시 얻어먹을지도 모르는 몇 점의 고기(주로 내장이지만)와 돼지 오줌보를 기다리는 참이다. 오줌보에 바람을 넣으면 멋진 축구공이 된다.

전통혼례는 신랑이 신부집으로 가서 치르게 된다. 즉, 신랑이 신부를 데리러

가는 셈이다. 과거에는 대례를 치르고 짧게는 3일 길게는 첫아이를 낳을 때까지 신부의 집에 머물렀다고 한다. 요즘으로 보면 신혼여행을 처가에서 보내는 셈이다.

혼인날이 되면 미처 날이 밝기도 전에 동네 사람들이 잔칫집에 모여든다. 신랑이 도착할 시간이면 모두 마당에 나와 기다린다. 성미 급한 사람은 고개를 자라목처럼 몇 번 빼다가 동구까지 내쳐 나가 보기도 한다. 바닥에는 멍석과 돗자리를 깔고 위에는 차일(광목이나 삼베로 만든 천막)을 친 혼례청에는 설레는 눈길들이 반짝거린다.

드디어 신랑이 도착해서 혼례청에 들어서면 식이 본격적으로 시작된다. 동네의 존경받는 어른이 주례(집례)가 되어 식을 이끌어 간다. 가장 먼저 신랑이 기러기를 드리는 의식인 전안례를 하게 된다. 다음으로 신랑 신부가 손을 씻은 다음 맞절을 하는 교배례가 있다. 신랑은 두 번 신부는 네 번 절을 한다. 옛날에는 이때 신랑 신부가 처음 얼굴을 보게 되었다고 한다. 교배례는 두 사람이 상대방에게 백년해로를 서약하는 것이다. 다음으로 신랑 신부가 하나의 표주박을 둘로 나눈 잔에 술을 따라 마시는 합근례를 치른다. 합근례 뒤에 하객 및 어르신들께 감사의 절을 하는 보은보배와 주례의 덕담 등 몇 가지 절차를 마치면 혼례식이 끝나게 된다.

식이 끝나면 기다리던 잔치가 시작된다. 혼례의 하이라이트이다. 마당 가득 깔린 멍석 위로 잔칫상이 놓아지고 이웃끼리 친구끼리 둘레둘레 앉아 음식과 술을 나눈다. 술이 어느 정도 돌아가면 흥에 겨워 노래 한 자락을 뽑아내는 이도 있고 한쪽에서는 윷놀이 판이 벌어지기도 한다.

저녁 어스름이 몰려올 때쯤에는 신부를 짝사랑하던 동네 청년 하나가 굴뚝 모퉁이에 숨어서 끼억~ 끼억~ 숨죽인 울음을 토해 놓기도 한다. 잔치는 밤이 이슥하도록 계속된다. 마당에 화톳불이 놓아지고 등이 걸린다. 혼례의 후속 행사도 계속된다. 청년들은, 자기 동네 색시를 데려간다고 신랑을 매달아 놓고 발바닥을 때리기도 하고, 장모는 귀한 사위 살살 다뤄 달라고 새로 차린 술상을 들이고……. 그렇게 힘든 과정 끝에 놓여난 신랑 신부가 신방에 들어도 마지막 시련은 남아 있다. 신방에 불이 꺼지면 고양이 걸음으로 다가가서 창호지에 구멍을 내는 아낙들의 장난기 가득한 눈……. 그렇게 혼인날의 밤은 깊어간다.

기행 수첩

전통혼례 장면을 만나기란 쉽지 않았습니다. 가능하면 시골에서 직접 거행하는 혼례식을 카메라에 담고 싶었는데, 결혼할 만한 젊은이 자체가 없는 게 요즘 농어촌의 현실입니다. 알아보니 서울이나 근교에서 전통혼례식을 볼 수 있는 곳이 몇 곳 있었습니다. 대표적인 곳이 남산한옥마을입니다. 이곳에서는 전통결혼식을 원하는 일반인들의 신청을 받아서 주말에 공개 혼례식을 진행합니다. 진짜 결혼식이지만 관광객을 위해 진행 과정을 설명해 줍니다. 주차장이 좁기 때문에 지하철로 가는 게 좋습니다. 3, 4호선 충무로역 3번 출구로 나가서 중대 부속병원과 매일경제신문사 사이로 조금만 올라가면 됩니다. 한국민속촌에서도 주말이면 전통혼례식이 열립니다. 민속촌 혼례는 진짜는 아니고 모델(?)들이 시범을 보이는 것 같았습니다. 인사동에서도 비정기적으로 혼례식이 열립니다. 외국인이 많이 구경하기 때문인지 외국어로도 설명해 주는데, 조금 느리지만 전통 방식대로 충실하게 재현합니다.

전통장례

마지막 유월장(踰月葬)을 보다

여행 레저를 담당하는 후배 기자가 찾아와 불쑥 종이 한 장을 내밀었다. 종이를 받기도 전에 "금세기 최후의 유림장…… 전통 사대부 장례 재현" 등의 문구가 눈에 확 들어왔다. 구미가 당기는 소식이었다. 전통장례, 특히 상여 행렬을 오래 전부터 취재하고 싶었지만 자꾸 미뤄지던 참이었다. 시간에 쪼들리는 직장인의 애로 외에도, 요즘은 상여를 보기가 무척 힘들다는 현실도 한몫을 했다.

화재(華齋) 이우섭 선생의 장례를 알리는 보도자료였다. 화재 선생은 영남 기호학파의 거유(巨儒)로 불리는 유학자다. 기호학파는 율곡 이이, 우암 송시열에 그 뿌리를 두고 있다. 생전의 화재 선생은 유림계의 종장 또는 큰스승이라 불렸다. 어려서부터 부친 월헌(月軒) 이보림 선생으로부터 가학(家學)을 전수 받는 등 평생 학문에 전념했다. 알림 글에는 장례식이 유월장(踰月葬, 조선시대 전통적 사대부

장례 형식과 절차)인 16일장으로 치러지는데, 금세기 마지막이 될 것이라 예고하고 있었다. 유월장은 "초상난 달을 넘겨 치르는 장례(음력 기준)"라는 의미다.

학문과 덕망이 높은 유학자가 타계했을 때 전국 유림 차원의 장례를 치르게 된다. 유림장으로 결정하기 위해서는 상당히 까다로운 조건이 요구된다. 고인이 유림의 어른으로 인정받을 만한 덕행을 갖춰야 하고 학문적으로도 뚜렷한 족적을 남겨야 한다. 현재 이런 조건을 갖춘 유림이 극히 드물기 때문에 이번 장례가 마지막 유림장이 될 것이라는 소식이었다. 놓칠 수 없는 기회였다. 상여와 만장, 상두꾼 등을 규격대로 갖춰 치르는 장례식을 보는 것은 쉽지 않은 일이다. 처음이자 마지막으로 볼 수 있는 행사일지도 모른다는 생각이 결단을 재촉했다. 하지만 역시 시간이 문제였다. 장례식이 평일에 치러진다면 아무리 가

고 싶어도 못 간다. 간절히 원하는 마음이 통했는지 장례일자는 마침 토요일이었다.(화재 이우섭 선생은 2007년 7월 20일에 타계했으며 장례식은 달을 넘긴 8월 4일에 거행됐다.)

김해 공항에 도착한 시간은 아침 여덟시였다. 서울에서 비를 맞으며 출발했는데, 김해의 하늘은 쓸어 놓은 듯 말짱했다. 새벽부터 서둘렀는데도 시간은 빡빡했다. 공항에서 택시를 잡아 곧장 달린 곳이 김해시 장유면 덕정리 월봉서원(月峰書院). 서원 입구는 인파로 발 디딜 틈이 없었다. 그 틈을 헤치면서 장례식이 열리는 마당으로 올라갔다. 마당에 있는 눈처럼 하얀 상여가 시선을 끌어당겼다. 상여에게도 아름답다는 표현이 가능할까. 눈이 부셨다. 마침 붉은 천으로 둘러싼 관을 옮기고 있었다. 잠시 고개 숙여 고인의 명복을 빈 다음 카메라를 꺼냈다. 엄청난 카메라맨들이 모여 있었다. 화재 선생의 장례식이 유독 눈길을 끈 것은 조선시대 사대부의 장례 형식과 절차를 그대로 재현한다는 점이었다. 굴건제복을 갖춰 입은 상주, 제자들을 보며 전통 의례의 원형을 확인할 수 있었다. 장례뿐만 아니라 1년 뒤의 소상과 2년 뒤의 대상 등 3년상이 모두 철저한 고증을 통해 재현된다고 한다.

발인(영구가 장지로 출발하는 절차)제나 운구(영구를 운반하는 것) 등 장례 절차를 소상히 설명할 능력도 없고, 그럴 필요도 없을 것 같다. 장례식은 전국에서 모인 유림과 고인의 문하생, 조객 등이 지켜보는 가운데 진행됐다. 장지로 떠나기 전 마지막 제를 올릴 땐 상주들의 곡(哭)이 보는 이들의 누선을 자극했다. 옛사람들은 천붕(天崩)이라 했던가. 오래 전 할머니, 아버지가 세상을 달리한 뒤 갈무리해 뒀던 눈물이 제어막을 뚫고 솟아 나왔다. 제가 끝나고 상여가 장지를 향해 출발했다. 죽음을 그리 표현하면 안 되는 줄 알지만, 상여 행렬은 근사했다. 역설적으로, 고인이 태어나 평생 살았던 곳을 떠나는 마지막 절차가 축제처럼 근사해 보이는 것도 괜찮겠다는 생각이 들기도 했다. 세어 보지는 못했지만, 상두꾼만 해도 족히 30명은 돼 보였다. 상주 및 복인(服人, 상복을 입은 사람) 역시 100명이 넘어 보였다. 만장도 숫자를 짐작하기 어려울 만큼 많았다.

상여 위에 올라선 소리꾼의 소리가 구성졌다. 명인이라고 했다. 맨 앞에서 악귀를 쫓는 역할을 하는, 붉은 색깔의 방상씨(方相氏)탈도 눈길을 잡았다. 방상씨탈은 사대부 장례 행렬 맨 앞에서 춤을 추고 길을 열어 나가면서 악귀를 쫓는 역할을 한다. 탈 명인(名人) 이도열 고성탈박물관 명예관장이 특별히 2점을 만들었다고 한다. 과연 악귀가 도망갈 만큼 무섭게 생겼다. 악귀야 도망가면 그만이겠지만, 한여름 뙤약볕 아래 그걸 쓰고 춤을 춰야 하는 '얼굴 없는 사람'의 노고가 남의 일 같지 않았다. 들은 바로는 하회탈 같은 예능 탈은 많이 남아 있지만 방상씨탈은 장례에 사용한 뒤 태워서 묻기 때문에 흔적을 찾기가 어렵다고 한다.

서원을 출발한 장례 행렬은 동네를 천천히 지나서 큰길로 나갔다. 내심 바라던 시골길이 아니어서 섭섭하긴 했지만, 길이 넓어서 좋은 점도 있었다. 장지인 만룡산 선산까지는 2킬로미터 남짓이라고 했다. 운구 중간에 마을 입구와 선영이 있는 화산정사에서 두 번의 노제를 지냈다. 김해에서 해야 할 다른 일정을 잡아 놓는 바람에 하관까지 보는 건 무리였다. 인파를 뚫고 내려오면서 아쉬움

에 여러 번 뒤를 돌아보았다.

장례식은 쇼가 아니다. 그래서 아름다웠다거나 감동을 받았다고 쓸 수는 없다. 장례식에는 환호도 박수도 없다. 하지만 오랜 세월 우리 곁에 함께해 온 보이지 않는 끈을 확인할 수 있는 기회를 준다. 끈은 모인 사람들을 하나하나 묶어 거대한 '하나'가 되게 만든다.

요즘은 시골에 가도 상여를 보기 어렵다. 집에서 절차를 갖춘 장례를 치르기도 쉽지 않거니와, 그래야 한다는 당위성이 사라진 지도 오래다. 더구나 요즘 농어촌에는 상여를 멜 사람조차 없다. 그런 마당에 새삼 전통장례의 가치를 운운하는 것은 시대에 뒤떨어진 소리일지 모른다. 하지만 무조건 버리는 게 능사는 아니다. 세월이 지난 뒤에 다시 복원시키려 해도 할 수 없는 것들이 얼마나 많은지. 더구나 효(孝)라는 덕목은 나름대로 이어온 형식 속에서 그 내용이 더욱 알차진다. 돌아오는 길, 이제 우리의 아이들은 지역축제 혹은 박물관이나 가야 전통장례의 흔적이라도 볼 수 있을 것이란 생각에 마음이 편치 않았다.

줄타기

줄 위 재담에 온갖 시름 '훌훌'

가을걷이가 끝난 들판은 텅 비어 있다. 가을이 깊어 가면서 높다랗게 물러선 하늘은, 돌을 던지면 쨍! 하고 금이라도 갈 것처럼 명징하다. 추수가 끝나면서 한숨 돌리나 싶었던 장부자네 너른 마당은 사람들로 북새통이다. 장부자가, 눈에 넣어도 안 아플 손녀딸 순심이보다 더 아끼고 좋아한다는 놀이마당이 벌어지는 날이다. 그중에서도 줄타기는 행사의 절정을 이루게 된다.

줄타기는 준비하는 과정부터 흥미롭다. 우선 나무 네 개를 두개씩 X 자로 묶는다. 이를 작수목이라 한다. 작수목이 준비되면 머리를 안으로 향하게 다리를 벌려 뉘어 놓고 마당 양쪽에 박아 놓은 말뚝에 줄을 맨다. 다음으로 작수목을 세워 줄이 팽팽하게 당겨지도록 한다. 줄은 질긴 삼(麻)을 삶아 말려 세 가닥으로 꼰 굵은 동아줄을 쓴다.

일찌감치 마당 한쪽에 자리 잡고 앉은 아이들은 꼼짝 않고 준비하는 과정을 구경한다. 고추잠자리가 손에 잡힐 듯 마당 위를 유영하건만 어느 녀석 하나 눈을 돌리지 않는다. 작업이 다 끝나 줄이 팽팽하게 당겨질 무렵이 되면 아이들의 눈은 기대감으로 반짝거린다. 이제부터 잔치가 시작되는 것이다.

가을걷이가 끝나면 놀이패를 불러 흥겹게 한마당을 노는 것이 장부자의 연례행사다. 그의 땅을 밟지 않고는 마을을 드나들 수 없을 만큼 큰 지주인 장부자가 소작인들이나 동네 사람을 위해 베푸는 선심이었다. 해마다 추수가 끝나면 장부자가 부른 단골 놀이패가 마을에 든다.

줄타기는 시골에서는 보기 쉽지 않은 구경거리라, 자리보전하고 있는 노인들까지 지팡이를 들고 나선다. 어찌 동네 사람뿐이랴. 장부자네 줄타기는 소문이 제법 나서 근동 몇 개 동리의 사람들까지 구경을 온다. 조용하던 동네가 저잣거리처럼 북적거린다.

줄이 팽팽하게 당겨지는 걸로 준비가 끝나면 고사를 지낸다. 다음으로 장구 · 해금 · 피리 등을 부는 악사(삼현육각잡이)들이 줄 밑에 앉아서 연주를 시작하면 줄광대가 음악에 맞춰 줄에 오른다. 한 손에 쥘부채를 쥔 줄광대는 작수목에 오르자마자 쉬이~ 하는 소리로 연주를 중단시킨 뒤 관중을 둘러보면서 재담을 시작한다. 줄 아래에 있는 어릿광대가 추임새를 넣고 재담을 받으면서 마당에는 서서히 열기가 오르기 시작한다.

장생 휴~ 저기서 보기엔 얼마 안 되는 거 같아 마음 푹 놓고 왔다 죽을 똥 쌀 뻔했네.
내 이번엔 네년이 남의 집 서방하고 붙어먹다 들켜 허겁지겁 도망가는 걸음을 뵈 줄테니 한번 볼 테냐?

하고는 아낙네들 치맛자락을 잡듯 도포자락을 잡고 잰걸음으로 쪼르르 달려 맞은편 끝에 가 선다.

공길 낙동강 오리알 떨어지듯 똑 떨어져 뒤질 줄 알았더니 제법이구나.
장생 내 이제 신나게 한판 놀아 볼 것인데, 이 모습을 보면 처녀 할미 할 것 없이 정신이 팔려 사내가 아랫도리를 훔쳐도 모르니 네년도 아랫도리 단속 단단히 하고 보거라.

공길 얼른 아래춤을 손으로 가린다.
구경꾼들 웃는다.
장생 성큼성큼 줄 위를 걸어 가운데로 와 허궁제비(줄을 튕겨 다리 사이로 앉았다 오르기)를 한다.

공길 아이고 이놈아, 니 다리 사이 두 동네가 한 동네 되것다.

장생 (멈추더니) 아이고, 이년아. 두 동네고 한 동네고 간에 똥꼬가 저릿저릿한 것이 오줌이 마려워 못 놀것다. 내 오줌이나 한번 싸고 계속 놀련다.(바지춤을 풀고 내릴 시늉한다)

— 영화 〈왕의 남자〉 대본 중에서

줄광대는 줄 위에서 온갖 재주를 다 부린다. 걷는 것은 기본이고 뒤로 걸어가기, 한 발로 뛰기, 걸터앉기, 드러눕기……. 때로는 재주를 넘다가 떨어지는 척 해서 구경꾼들을 놀라게 하기도 한다. 또 갖가지 노래를 곁들이거나 파계승이나 타락한 양반을 풍자한 이야기를 질펀하게 풀어내어 관객을 자지러지게 만든다.

놀이에 푹 빠진 구경꾼들은 잠시도 줄 위에서 시선을 떼지 못한다. 오줌보가 탱탱해져도 발을 동동 굴러가면서 자리를 지킨다. 줄광대의 재담에 배꼽을 잡기도 하고, 떨어지는 흉내라도 내면 가슴을 쓸어내리기도 한다. 그렇게 줄타기 마당은 웃음과 긴장이 어우러지며 고비를 넘는다.

줄타기는 원래 서역(西域, 중국의 서쪽. 현재의 중앙아시아)에서 시작되었다고 하는데 중국에서는 수 · 당 시대에 성행하였으며, 한반도에는 신라 때 전래되었다고 한다. 옛날에는 사당이라는 떠돌이 재인들이 권세가나 좀 산다는 집의 혼인, 생일, 환갑잔치 등에 불려가 줄타기를 선보이기도 했다. 근래에 들어와서는 거의 자취를 감추고 특별한 행사 때 공연되거나 보존 단체를 통해 명맥을 유지하고 있다.

물론 지금은 줄타기가 어울리는 시대는 아니다. 볼거리가 넘쳐나는 세상에 재인들이 설 자리가 없다는 건 새삼스러운 일도 아니다. 또 힘든 수련 과정을 견딜 만한 지원자도 그리 많지 않을 것이다. 세월 따라 그렇게 줄광대도 줄타기도 장막 뒤편으로 사라져 가고 있지만, 외줄 위에 배어들었을 그들의 땀과, 남모르게 흘렸을 눈물은 어디선가 꽃으로 피어날 것이다.

서커스

그 겨울, 한 아이가 흘린 눈물

아이가 서커스라는 것을 처음이자 마지막으로 본 것은 중학교에 들어가서였다. 산골을 벗어나 본 적이 없던 아이에게, 읍에서 벌어지는 일들은 마냥 신기하기만 했다. 말로만 듣던 TV라는 것도 처음 보았다. 서커스 천막이 쳐진 곳은 5일장 쇠전 옆의 공터였다. 늦가을과 초겨울 사이, 하루해가 몽당빗자루만큼이나 짧아지고 허술한 광목천의 교복을 파고드는 바람에 어깨가 움츠려들 무렵이었다.

그 작은 읍에 서커스가 들어온 것부터가 신기한 일이었다. 봄부터 가을까지 서울 근교를 떠돌다가 겨울을 앞두고 따뜻한 남쪽 지방으로 이동하던 어느 서커스단이, 날개 부러진 철새처럼 중간에 짐을 풀었던 모양이었다. 어느 날 공터에 높다란 천막이 들어섰다. "총천연색 시네마스코프~" 어쩌고 하며 궁벽한 고향 동네까지 들어왔던 천막극장과는 규모 자체가 달랐다. 하지만 아이는 천막이 완성될 때까지도 무슨 일이 벌어지고 있는지 알 수 없었다. 트럼펫과 북을 앞세우고, 얼굴에 온갖 칠을 한 어릿광대가 거리를 돌며 광고를 하고(마찌마리), 담벼락에 각종 쇼와 공연 모습을 담은 포스터가 나붙은 다음에야 상황을 대충 짐작했다.

하지만 서커스가 무엇이라는 걸 알았다는 것과, 서커스를 볼 수 있다는 것은 별개의 문제였다. 아이가 서커스를 구경할 수 있을 가능성은 전혀 없었다. 손자의 배움을 위해 읍내까지 나온 아이의 할머니에게는 하루를 연명할 양식과 땔거리가 급급한 판이었다. 그런데 운명의 지침은 엉뚱한 곳에서 아이 쪽을 가리켰다. 동성여관집 아들, 박상수를 짝으로 두었던 건 여러 가지로 행운이었다. 점심때마다 풍성한 도시락 반찬을 얻어먹는 것만으로 감지덕지한 판에 또 하나의 기회가 다가온 것이었다.

서커스단 수뇌부가 묵는 곳이 바로 상수네 동성여관이었다. 하긴 쓰러져 가는 두어 곳의 여인숙을 빼고, 여관이라고는 하나밖에 없는 소읍에서 선택의 여지는 없었다. 서커스단 소속이라고 다 여관에 묵는 것은 아니었다. 오야지(단장)나 총무, 그리고 '에이스급'이거나 돈이 좀 있는 단원만 여관에 들고, 나머지 하급단원이나 지원조(후견)는 천막 안, 무대 아래에 만들어 놓은 숙소에서 숙식을 해결했다. 상수는 학교에 오자마자 아이에게 서커스단 소식을 전했다. 상수가 들려주는 얘기는 도서관에서 읽었던 〈아라비안나이트〉보다 더 재미있었다.

아이를 결정적으로 설레게 한 것은 상수가 귀에 대고 한 약속이었다. "기도 보는 아저씨가 언제든지 공짜로 넣어 주겠대. 그 아저씨 우리 여관에 틈만 나면 드나들거든……. 흐흐, 너도 준비하고 있어." 단원 중에 누군가 상수의 누나한테 반했던 모양이었다. 아무래도 좋았다. 서커스를 볼 수 있다는데 상수 누나가 시집을 가 버린들 어떠하리. 또래 중에 서커스를 구경할 수 있는 아이들은 드물었다. 고등학교 형들 중 몇은 천막 뒤쪽을 찢고 몰래 들어간다는 소문이 있었지만, 어린 중학생에게는 실감하기 어려운 이야기일 뿐이었다. 그리고 서커스 천막 입구에는 힘깨나 쓸 것처럼 보이는 청년들이 지키고 있어, 형들의 '전설'도 상당 부분은 허풍일 거라고 짐작하기 어렵지 않았다.

서커스는 보통 하루 3회 공연을 했다. 물론 손님이 없으면 2회로 줄거나, 대박이 터지면 4회로 늘기도 했다. 아이와 상수는 저녁 공연에 맞춰 가기로 했다. 컴컴할 때 들어가야 다른 사람들 눈에 안 띌 거라는 계산 끝에 내린 결정이었다. 서커스 천막은 우람하고 당당했다. 만국기가 펄럭이는 입구에는 얼굴에 칠을 하고 고깔모자를 쓴 어릿광대가 손님들을 불러 모으고 있었다. 그 옆에는 원숭이 한 마리가 어릿광대 흉내를 내며 연신 손뼉을 치고 있었다. 아이가 넋이 빠져 있는 사이 상수가 팔소매를 잡아끌었다. 둘은 누구 눈에 띌세라 살금살금 천막 안으로 들어갔다.

기다시피 구석으로 가 자리를 잡은 것과 동시에 시작을 알리는 나팔소리가 울려 퍼졌다. 사회자가 허풍 섞인 인사를 장황하게 늘어놓은 다음에 공연이 시

작됐다. 동남아 순회공연을 방금 마치고 돌아왔다고 소개됐지만, 이름을 처음 들어보는 가수의 노래가 첫 순서였다. TV 속의 쇼무대처럼 무희들이 뒤에서 춤도 췄다. 이어서 나이 지긋한 사내가 마술을 선보였다. 아이에겐 쇼보다 마술이 훨씬 재미있었다. 모자에서 꽃이 나오고 비둘기가 날아오를 때마다 박수가 터졌다. 마술이 끝나고 나서야 본격적인 서커스가 시작됐다. 셀 수도 없이 많은 접시가 흔들리며 돌아가는 접시돌리기, 현란한 원반돌리기, 아슬아슬한 통굴리기, 비틀비틀 줄 위에서 자전거타기, 덤블링, 외줄타기……. 연속으로 이어지는 묘기에 정신이 하나도 없었다. 그런데 이상하게도 천막 안은 들떠 오르는 기미가 별로 없었다. 관객들이 박수를 치지 않는 것도 아닌데 뭔지 모르게 무거운 분위기였다.

그래서 그런 일이 일어났던 것일까. 빨간 옷에 비단신을 신은 소녀가 작은 그릇을 이용한 묘기를 선보였다. 그릇을 머리에 올리고 몸을 활처럼 휘기도 하고, 발에 얹고 구르기도 하고 남자의 손을 짚고 물구나무서기도 했다. 왜 그랬을까. 아이는 생솔가지라도 태우는 듯 눈이 매캐해지고 목이 칼칼해졌다. 그러더니 눈에서 눈물이 흐르기 시작했다. 아무런 이유도 없었다. 소녀가 특별히 불쌍해 보인다는 생각을 한 것도 아니었다. 어차피 대부분의 공연은 아이 또래의 소녀들 중심으로 이뤄졌다. 훈련이 힘들겠다는 생각을 안 해 본 건 아니지만, 눈물이 흐를 정도로 아픔을 느낀 것도 아니었다.

눈물은 두 남자가 펼치는 공중그네타기가 끝날 때까지 계속 흘러내렸다. 천막의 벌어진 틈 사이로 초겨울의 바람이 스며들고 있었다. 바람은 어깨를 움츠리고 앉아 있는 관객들의 품을 헤집고 다녔다. 천막은 밖에서 보던 것처럼 화려하지 않았다. 모든 것은 해진 가마니처럼 낡아 가고 있었다. 서커스에 대한 아이의 기억은 그렇게 끝났다.

쇠락하는 것은 그 자체에 슬픔을 내포하고 있는 것일까? 어느 날 한 아이가 서커스를 보면서 눈물을 흘릴 때, 서커스는 이미 사양길에 접어들어 있었다. 1911년 일본인에 의해서 부산에서 첫 말뚝을 박았다는 서커스는, 이 땅에서 사당패가 몰락한 이후 최고의 볼거리였다. 하지만 영원한 것이 없다는 진리는 서커스에도 예외가 아니었다. "1970년대만 해도 소속 단원들만 250명이 넘을 정도로 호황을 누렸으며, 영화배우 허장강, 코미디언 서영춘을 비롯 배삼룡, 백금녀, 남철, 남성남, 장항선 씨와 가수 정훈희에 이르기까지 수많은 스타가 배출됐다"(동춘서커스 홈페이지 http://circus.co.kr)고 그 시절의 서커스를 돌아보는 이들도 있지만, 이미 검은 그림자가 깊이 드리워져 있었던 게 사실이었다. 그도 그럴밖에. 간단한 장비만으로 전국 어디나 돌아다닐 수 있는 활동사진이 나오고 텔레비전 안테나가 불쑥불쑥 솟아오르던 시절, 찬바람을 맞으며 천막 안에 앉아 있을 사람이 얼마나 되었을까. 그럴수록 서커스 단원들의 한숨은 깊어 가고 어린 소녀들의 시름도 한 여름 해바라기처럼 자꾸 키를 키웠으리라.

서낭당

마을을 보듬고 지키던 수호신

날은 이미 훤하게 밝았지만 아이의 잰걸음은 늦춰질 줄 모른다. 숲 사이로 길이 나 있는 거북고개는 대낮에도 컴컴해서 혼자 넘기에는 여간 무서운 게 아니다. 그러니 이른 아침에 고개를 넘는 것은 오밤중에 뒷간을 혼자 가는 것보다 더 싫을 수밖에 없다. 학교에 일찍 가야 하는 당번이 아니라면 등을 떠밀어도 도망쳤을 것이다. 고개를 넘어 학교가 있는 면 소재지에 거의 도착해서야 아이는 멈춰 서서 턱까지 찬 숨을 고른다. 논과 밭에는 부지런한 농부들이, 보리밥의 강낭콩처럼 띄엄띄엄 박혀 있다.

땀을 훔치며 주위를 둘러보던 아이의 시선이 울긋불긋한 천들이 늘어뜨려져 있는 느티나무 아래에서 멈춘다. 나무 주변에 제단처럼 쌓여진 돌무더기 위에는 탐스러운 시루떡이 놓여 있다. 김이라도 모락모락 올라올 것처럼 먹음직스

럽다. 밤새 누가 서낭당에 치성이라도 드린 모양이다. 떡 옆에는 사과와 곶감 같은 과일도 있다. 아이가 꿀꺽 침을 삼킨다. 아침을 먹는 둥 마는 둥 하고 나온 터라, 횟배 요동치듯 시장기가 기승을 한다. 얼른 하나만 집어먹어? 누구 보는 사람도 없잖아. 스스로를 달래고 다그쳐 보지만 이내 고개를 젓고 만다. 서낭당의 치성떡을 몰래 먹었다가 동티가 나서 어찌어찌 됐다는 이야기들이 떠올랐기 때문이다. 아이는 고개를 한번 내젓고 도망치듯 내쳐 걷는다. 잠시라도 떡에 대해 욕심을 부렸다는 걸 누가 알기라도 할세라 걸음이 빨라진다.

1960년대까지만 해도 어지간한 마을이면 서낭당이 있었다. 서낭당은 보통 고갯마루나 큰길가 등 눈에 잘 띄는 곳에 자리를 잡게 마련이었다. 민초들이 마

을과 토지를 지켜 준다고 믿었던 존재가 서낭신인데, 그 서낭신이 붙어사는 오래된 나무(神木, 神樹)나 돌무더기를 서낭당이라고 했다. 또 경우에 따라서는 서낭신을 모시는 사당을 짓기도 했는데 이를 당집이라고 불렀다. 서낭당은 마을의 안녕을 지켜 주고 잡귀나 병을 막아 주는 역할 외에도, 먼 길에서 돌아오는 가족을 마중하고 먼 길을 떠나는 가족을 배웅하는 만남과 이별의 장소이기도 했다. 그래서 누군가를 기다리는 사람이 마을 어귀의 서낭당까지 나가 하염없이 먼 하늘을 바라보는 모습은 그리 낯선 풍경이 아니었다.

동네를 지나던 나그네가 서낭당을 만나면 돌을 하나 얹거나 침을 뱉기도 했다. 돌을 얹는 것은 소원하는 바가 이뤄지도록 해달라고 염원하는 의식이며, 침을 뱉는 것은 길 위를 떠돌아다닌다는 악령의 해를 피하기 위한 것이다. 서낭당에는 매년 정초에 왼새끼로 꼰 금줄을 쳐서 신성한 지역임을 표시했다. 그리고 마을에 불행한 일이 닥치지 않도록, 농사가 풍년이 들도록 제를 지냈다. 당나무에는 아이들의 장수를 위해 부모가 걸어 놓은 헝겊조각, 길을 떠나는 장사꾼이 돈을 벌게 해달라고 달아 놓은 짚신 등이 걸리기도 했다. 아이를 낳게 해달라고, 남편의 노름이나 바람기를 재워달라고, 부모님이 무병장수 하게 해달라고 빌기 위해 찾아가는 곳도 서낭당이었다.

이렇게 오랫동안 우리 민족과 함께 고락을 같이했던 서낭당이 사라져가게 된 것은 1970년대부터였다. 불길처럼 전 국토를 휩쓸고 지나던 '근대화 운동'은 서낭당에게 이중 포화를 퍼부었다. 길을 넓힌다는 명분으로 아름드리 당나무가

뽑혀 나갔고 돌무더기가 통째로 사라지기도 했다. 또 다른 시련은 '미신(迷信) 타파' 라는 이름으로 공개재판의 대상이 되어 뭇매를 맞은 것이다.

반드시 그래야 했을까. 마을길을 넓힌 것이야 살기 편리한 환경을 만들기 위해 불가피했다고 쳐도, 미신이란 이유로 서낭당을 처단의 대상으로 삼은 것에 대해서는 공감하기 어렵다. 풍성한 수확과 마을의 안녕을 빌고 가족의 건강을 기원하던 서낭당이 백성들을 미혹했다는 게 타당한 주장인지. 설령 미혹한 게 사실이라면 그 결과 어떤 피해를 입었다는 것인지. 어차피 '미신이 아니라는' 종교 역시 마음의 평화를 위해 존재하는 게 아니었던가.

소설이나 옛날이야기에 나오는 서낭당을 보라. 기댈 곳 없는 이 땅의 가난한 민초들이, 가려운 소가 언덕에 몸을 비비듯 외로움과 아픔과 따뜻함을 나누던 곳이 서낭당이었음을 금세 알 수 있을 것이다.

> 개돼지는 푹푹 크는데 왜 이리도 사람은 안 크는지, 한동안 머리가 아프도록 궁리도 해 보았다. 아하, 물동이를 자꾸 이니까 뼈다귀가 움츠러드나 보다, 하고 내가 넌짓넌짓이 그 물을 대신 길어도 주었다. 뿐만 아니라 나무를 하러 가면 서낭당에 돌을 올려놓고, "점순이의 키 좀 크게 해 줍소사. 그러면 담엔 떡 갖다 놓고 고사드립죠." 하고 치성도 한두 번 드린 것이 아니다.
>
> — 김유정의 〈봄봄〉 중에서

기행 수첩

이 땅에서 난 서낭당과 중국에서 온 성황당(城隍堂)을 동일한 개념으로 여기는 견해도 있지만, 전혀 관련이 없다는 주장도 많습니다. 물론 그 개념이 서로 많이 섞이기도 했겠지만, 저 역시 이 둘의 근원이 다르다는 주장에 동의합니다. 서낭당을 찾기 위해서, 그나마 제대로 보존됐음직한 강원도 땅을 여기저기 돌아다녔습니다. 정선 땅에 갔더니 곳곳에 당집이 눈에 띄었습니다. 하지만 상당수는 만들어 세운 지 얼마 안 돼 보였습니다. 일종의 관광 상품 같다는 생각이 들었기 때문에 갈증은 해소되지 않았습니다. 태백을 거쳐 삼척의 신리 너와마을을 찾아갔다가 고개를 넘어가는 길, 갑자기 시선이 한 곳에 꽂혔습니다. 길가에 아주 작은 당집이, 금줄을 두른 채 고즈넉하게 서 있었습니다. 그때의 반가움이란……. 서낭당이 어떤 모습인지 보고 싶으면 용인 한국민속촌이나 정선 아라리촌 같은 곳을 가도 됩니다. 원형에 가까운 서낭당을 볼 수 있습니다.

굿

땅의 메시지를 하늘에 전하고

남포등을 여러 개 매단 마당은 제법 밝았다. 어둑어둑해질 무렵부터 모여든 동네 사람들로 마당은 빈틈이 없었다. 초가을이었지만, 마루에 뉘어진 아이는 두꺼운 이불을 목까지 끌어당겨 덮고 있었다. 아이는 이곳에서 도망쳐야 한다는 생각에 자꾸 몸을 뒤챘다. 타는 듯한 갈증에 시달리면서 고개를 빼어 먼 하늘을 바라보았다. 마당가에 거인처럼 서 있는 오동나무의 커다란 잎 사이에 몸을 숨긴 달을 발견했을 땐, 목을 비집고 나오는 탄성을 이 사이에 물고 아꼈다. 유일하게 친숙한 존재였다. 그 자리의 주인공이어야 할 아이는 그 자리의 유일한 이방인이었다.

남색 치마저고리 위에 타오를 듯 붉은 쾌자(快子)를 걸친 무당의 머리 위에는 꽃 갓이 조금 위태롭게 얹혀 있었다. 아이는 흔들리는 갓이 언제쯤 떨어질까 하

는 궁금증으로 침을 꼴깍 삼켰다. 신이 오른 무당이 달이라도 따 내릴 듯 겅중 겅중 뛰었다. 무당의 양손에 들린 칼이 달빛을 머금었다 토하면서 몸을 뒤챘다. 쇠고리에서 나는 쩔렁 쩔렁 소리가 계속 아이의 신경을 비틀었다. 쇳소리 사이 사이로 무당은 끊임없이 사설을 뱉어 내었다. "불쌍허신 조씨 망자…… 편안허게 가옵시고……." 아이는 꽁꽁 언 겨울날, 오줌이라도 지린 것처럼 진저리를 쳤다. 며칠 전 할머니와 어머니가 나누던 대화가 귓속에서 꿈틀거리며 자꾸 키를 키웠다.

"늬 시아버지가 갈 델 못 가고 구천을 떠도니께 쟤가 저렇게 아프다는 겨. 이승에 뭐 존 걸 두고 갔다구 그러는지 원!"

할머니는 치맛자락을 들어 올려 코를 팽하고 풀었다. 개진개진 젖은 눈가가 금방 허물어질 듯했다.

"쟤가 워떤 애냐? 5대 독자여, 5대 독자. 굿헐 돈 애껴서 앞길에 지 할애비 원혼을 달구 다니게 헤서야 쓰겄냐? 그러니께 너는 아무 소리 허지 말고 보구만 있어."

"그리두 요즘 시상에 굿허는 사람이 워딨다고……. 그러너니 읍내 병원이라도 한 번 더 가는 게 날텐디. 굿헐 만한 돈두 읎구……."

"애가 왜 자꾸 말이 많다냐? 그러다가 동티 나면 워쩔라구. 병원 가서 고칠 병 같으면 벌써 나섰어야. 한두 번 댕겼 간디? 그러구 돈 걱정은 말어라. 몸띵이

를 팔어서라두…….”

마당에는 열기 같은 것이 펄펄 끓어오르고 있었다. 이리저리 뜸을 들이던 무당이 조심스럽게 작두 위로 올라서자 둘러선 사람들 입에서 낮은 신음이 흘렀다. 아이도 몸을 조금 일으켰다. 무당이 시퍼런 작둣날에 올라서 있었다. 소름이 전신을 훑고 지나갔다. 한참 뒤 작두에서 내린 무당이 알아들을 수 없는 말을 웅얼거리며 아이에게 다가올 때쯤엔 온몸이 사시나무처럼 떨리기 시작했다. 벌레처럼 웅송그려 몸을 조그맣게 만드는 것이 아이가 할 수 있는 일의 전부였다. 자갈밭을 달리는 듯 제법 낮아졌던 징과 장구소리가 숨이라도 넘어갈 듯 긴박해졌다. 무당이 가까이 오면 올수록 떨림은 걷잡을 수 없이 심해졌다. 아이의 눈에 무당의 얼굴이 순간순간 할아버지로 바뀌기도 했다. 할아버지는 생전의 모습과 조금도 다르지 않았다. 이놈, 네가 죽어야 내가 산다. 이놈아! 억울해서 못 죽어. 눈을 감기 전의 모습 그대로였다. 눈을 감기 전…….

“글쎄 늬 시아버지가 워디서 점을 봤다는디, 재가 전생에 자기 웬수였다는구나. 참말로 기가 맥혀서. 그 점쟁이가 당신이 살라면 당신 손자가 죽어야 헌다구 그랬다면서, 애를 저렇게 미워하는구나. 살만치 산 당신이 가야지 웬말이냐고 퉁을 줘도 씨도 안 멕히니. 당신 목심만 중헌 줄 아는 양반이니…… 얼마나 더 살것다고 하나밖에 읎는 손자를. 아들, 메느리 젊으니 애는 또 낳으면 된다나 워쩐다나. 젊어서나 늙어서나 웬수 같은 짓만 허고 댕기니께."

징소리는 갈수록 커졌다. 아이는 할아버지가 자신을 데리러 온 것이 틀림없다는 공포에 심장이 터질 듯 부풀어 올랐다. 손을 연신 내저었지만 그 미약한 저항은 누구의 눈길도 끌지 못했다. 오동나무도 넓은 잎새를 흔들면서 성큼성큼 다가오고 있었다. 쿵- 쿵- 오동나무가 다가오는 소리…… 징소리……. 달 없는 밤길에 나선 듯 눈앞이 캄캄해졌다. 비명은 잘못 삼킨 갈치가시처럼 목에 걸려 넘어오지 않았다. 순간 의식을 잡고 있던 끈이 툭, 하고 끊어졌다.

시대, 아니 그 시대를 경영하는 사람들과의 불화가, 수천 년 이 민족과 함께해 온 무당과 굿판에 돌을 던지게 했을 것이다. 하지만 그들이 돌을 맞아야 할 이유는 없다. 무당은 인간의 서원(誓願)을 하늘에 올리고 하늘의 뜻을 인간에게 전하는 메신저 중의 하나였다. 즉, 힘없고 가난한 백성들의 소리를 하늘에 전해 준 이들을 일러 무당이라 불렀다. 굿판은 그 메시지를 전달하는 자리였고 민초들이 원풀이를 하는 축제의 마당이었다. 무속은 혹세무민이라는 이름으로 타도할 대상이 아니라, 우리 문화를 형성해 온 '축' 중의 하나로 다시 자리매김해야 한다. 미국의 뉴욕타임스는 "한국의 무속신앙은 결코 어느 것도 거부하지 않고 모든 것을 포용하는 용광로였고, 타 종교, 사회 변화와 끝없이 절충해 수천 년을 생존할 수 있었다"고 보도했다.

기행 수첩

굿자리에 카메라 하나 들고 찾아가, 다리가 저리도록 앉아 있었던 적이 있습니다. 특별한 몰입도 거부도 예비하지 않고 자신을 백지 한 장만큼이나 가벼이 한 채였습니다. 그것이 파헤쳐진 돼지의 육신에 삼지창을 꼽던 자리였는지, 늙은 만신이 맨발로 작두에 오르던 때였는지는 모릅니다. 제 눈에서 툭, 하고 눈물이 흘렀습니다. 스스로도 어쩔 수 없는 일입니다. 어둠이 깃든 자리에만 서면 천형(天刑)처럼 눈물을 억제하지 못합니다. 카타르시스라 믿고 싶습니다. 제 자신을 정화하고 내일을 향해서 다시 설 수 있게 하는 것이라면 사랑하지 않고는 못 배깁니다. 굿자리 한번 가 볼 만합니다. 잘못 각인된 선입견만 버린다면 그만큼 재미있고 몰입할 수 있는 '공연'은 없다고 생각합니다. 요즘은 축제마당의 하나로서 곳곳에 굿판이 벌어지기도 합니다.

키질

어머니의 가장 아름다운 모습

등짝에 나잇살이나 짊어지고 사는 이들은 '키' 란 말을 들으면 얼굴에 장난기가 가득 차서 키득키득 웃거나, 늦가을 대추처럼 붉어진 얼굴로 돌아앉기도 합니다.

키라는 단어가 금세 오줌싸개 어린 시절로 데려가기 때문이지요.

그렇게 다짐하고 잠이 들건만 아침에 깨어 보면 요에는 커다란 지도가 하나 그려져 있었습니다.

애들 말로 미치고 팔짝뛸 노릇이지요.

물론 모든 아이들이 그랬다는 건 아니고, 오줌싸개 친구들 이야기입니다.

그런 날 아침이면, 어머니는 아이에게 키를 씌우고 바가지를 들려서 소금을 얻어 오라고 내보냅니다.

아이는 울상이 되어 옆집 대문을 두드리지요.

"엄마가 소금 좀 얻어 오라구……."

잠시 후, 머리에 쓴 키 위로 타다닥!!! 쏟아지는 부지깽이 세례.

연이어 들리는 싸르륵~ 소금 뿌리는 소리.

어마 뜨거라! 도망쳐 보지만 이미 소문은 동네방네를 달음질친 뒤고 망신은 당할 대로 당한 뒤입니다.

아이는 그날 등굣길—하굣길 내내 아이들의 놀림감이 되어 쥐구멍을 찾게 마련이지요.

오줌 싸는 아이들에게 창피를 주어 버릇을 고쳐 보려는, 어른들의 공조 체제였습니다.

머리에 씌운 키가 '오줌 싼 아이' 라는 표지 역할을 하게 되는 것이지요.

정말 효과가 있었는지는 모르겠습니다.

키를 만든 목적은 물론 다른 곳에 있지요.

키는 껍질을 벗긴 버드나무가지나 산죽(山竹, 조릿대)으로 만듭니다.

옛날 천시 받던 고리백정들이 만들던 품목 중의 하나이기도 하지요.

크기나 모양은 지방이나 만드는 사람에 따라 조금씩 다르기도 하지만 가운데가 움푹 파이고 날개가 달린 건 거의 비슷합니다.

키를 아래위로 까불러서 콩 · 팥 · 들깨 같은 알곡을 껍질이나 잔돌과 분리시

키는 것을 '키질' 한다고 합니다.

막 거둬서 타작을 마친 알곡에는 검불이나 잔돌 등이 섞여 있기 마련이거든요.

겉보리 쿵덕쿵덕 절구질 해 놓고 껍질을 날려 버릴 때도 키질을 해야 합니다.

키에 알곡을 한 바가지씩 놓고, 까불질을 하면 가벼운 껍질이나 먼지는 날아가고, 잔돌과 쭉정이는 키 앞머리로 갑니다.

그리고 필요한 알곡은 움푹 파인 뒤편으로 몰리게 되지요.

그렇다고 키질이 말처럼 만만한 건 아닙니다.

즉, 아무나 할 수 없다는 뜻이지요.

잘못하면 알곡이 주르르 떨어지거나 장단을 못 맞춰서 헛키질을 하곤 합니다.

그래서 이 키질도 제대로 하려면 오랜 수련이 필요합니다.

세상 이치가 그렇지 않던가요?

젊다고 힘센 척하고 글 좀 읽었다고 잘난 척하는 사람이 넘쳐 나도, 시간이 가르치는 게 어디 한둘이어야지요.

경상북도 영덕에서 안동으로 넘어가던 길, 작은 마을을 지나다 마당에 앉아 키질하는 아주머니를 만났습니다.

"사진 좀 찍어도 되겠습니까?" 여쭸더니, "이런 거 찍어서 뭐할라고요?" 하면서 마당가 단풍처럼 발갛게 웃었습니다.

그러면서도 슬그머니 옷매무새를 가다듬는 모습이 꼭 시집 온 지 여드레쯤

된 새색시 같았습니다.

다시 한번 깨달을 수 있었습니다.

키질하는 우리네 어머니의 모습이 세상에서 가장 아름답다는 것을…….

술도가

사랑 받던 국민주(酒)의 산실

다리에서 자꾸 힘이 빠져나간다. 아이는 허청거리는 걸음을 가까스로 추스른다. 납이라도 매단 듯 눈꺼풀이 자꾸 무거워진다. 아침 햇살이 깔린 잔디가 이불처럼 포근해 보인다. 달려가 눕고 싶다. 하지만 참아야 한다. 가슴이 답답하고 숨이 차오르지만 걸음을 재촉한다. 다른 아이들보다 먼저 학교에 도착해야 한다. 잘못하면 또 놀림감이 될 게 뻔하다. 얼굴은 홍시처럼 붉어졌을 테고 입에서는 단내가 풍길 것이다. 할머니가 술도가에서 술찌게미를 얻어온 다음날 아침이면 반드시 치러야 하는 절차다.

술찌게미는 술을 거르고 난 뒤 남는 곡물 찌꺼기를 말한다. 영양분은 없지만 배를 채우기 위해 먹는다. 찌게미를 먹으면 술기운이 돌아 다리에 힘이 빠지면서 숨이 가빠지고 얼굴이 붉어진다. 하지만 굶는 것보다는 그거라도 먹는 게 낫다. 학교 근처 술도가 앞을 지나던 아이가 잠시 걸음을 멈춘다. 일꾼들이 자전거에 나무로 만든 술통을 싣고 있다. 아침부터 막걸리 배달을 가는 모양이다. 노인 하나가 하얀 쌀로 지은 고두밥을 멍석에 널고 있다. 술을 만드는 재료다. 아이의 목울대가 꿀꺽, 하고 요동친다. 술찌게미가 아니라 고두밥을 실컷 먹고 싶다.

1960~1970년대에 술도가, 혹은 양조장은 전국 어디서나 잘 나가는 업종이었다. 도전자를 찾을 수 없었던 국민주(酒), 막걸리의 수요는 계속 늘었지만 허가는 제한되어 있었다. 그러니 독점의 호사를 톡톡히 누릴 수 있었다.

아무리 가난해도 술이 없으면 사람 모이는 판이 성립되지 않는 게 우리 민족 아니던가. 논밭에서 일을 하다가도 새참 때가 되면 막걸리 타령이 절로 나왔다. 밥보다는 막걸리가 먼저였다. 풋고추나 신김치 한 점에 막걸리 한 잔 쭈욱~ 들이켜야 힘이 솟고 온갖 근심걱정을 잊을 수 있었다. 잔칫집이야 일러 무엇 하랴. 동네에 잔치가 벌어졌다고 하면 술도가는 분주해졌다. 결혼식이든 초상집이든 다르지 않았다. 부잣집은 아예 우마차로 실어 날랐고 가난한 집도 막걸리 서너 통은 주문해 놔야 잔치를 시작할 수 있었다. 학교 운동회는 물론이고 윷놀이 같은 놀이판에도 막걸리가 없으면 흥이 나지 않았다. 철철 넘치는 잔으로부터 인심이 나왔다.

그러니 술도가로서는 콧노래가 절로 나오는 상황이었다. 한때 전국에 2,500

KPP

개가 넘는 술도가가 호황을 누렸다. 젊은 대학생들에게도 막걸리는 인기였다. 현실은 답답하고 미래는 캄캄하던 시절, 그나마 막걸리가 곁에 있어 견딜 만했다. 하지만 하늘 아래 영원한 것이 어디 있으랴. 서민들과 함께 질펀하게 세월을 낚던 막걸리에게도 검은 그림자가 드리우기 시작했다.

1980년대 후반부터 수요가 줄기 시작하더니 갈수록 급격한 내리막길을 걸었다. 이농으로 농촌이 비어 가고 기계화로 협동농업이 사라짐에 따라 막걸리를 마실 사람도 마실 일도 줄어들었다. 또 막걸리를 대신할 수 있는 많은 술과 음료가 쏟아져 나왔다. 독한 시대라, 그에 어울리는 술이 필요했던지 막걸리보다 도수가 훨씬 높은 소주가 국민주의 자리를 차지하고 앉았다. 맥주도 대중주로서 전성기를 구가했다. 막걸리 힘으로 일한다던 말도 옛말이 돼 버렸다. 농촌의 새참으로 자장면이 배달되고 막걸리 대신 잘 냉각된 캔맥주가 얼굴을 내밀기도 했다. 다방 아가씨들이 논둑을 누비며 커피 배달을 다니기 시작한 것도 그 무렵이었다. 술도가의 기둥이 삭아 내리고 지붕에는 풀이 돋았다. 문을 닫는 곳이 속출했다.

경기도 양평군 지제면 지평리에 있는 '지평막걸리(지평양조장)'를 찾은 건 쇠락의 끝자락에 서 있을 술도가의 모습을 담아 두기 위해서였다. 1925년에 문을 연 지평막걸리는 막걸리 하나로 80년 넘게 버텨온 '전설의 술도가'다. 전국 술도가의 70%가 문을 닫는 와중에도 꿋꿋하게 살아남았다. 찾아간 날은 햇살이 좋은 초겨울 아침이었다. 찾기는 어렵지 않았다. 큰길에서 조금 들어가니 바로 만날 수 있었다.

80년의 나이를 이고 있는 건물은 주변 풍경과는 조금 이질적으로 보였다. 비바람에 바래 버린 2층 집, 그 위의 함석지붕에는 시간의 무게가 그대로 얹혀 있었다. 그 무게는 곧바로 가슴으로 전이됐다. 몽당빗자루처럼 짧아진 버드나무, 창문마다 둔탁하게 덧대 놓은 창살, 곳곳에 땜질한 흔적의 시멘트벽, 나무문……. 모두가 길고 길었던 세월의 강을 건너느라 입은 상처를 훈장처럼 매달고 있었다.

열려 있는 문으로 들어가 보니, 아무도 없는 듯 조용했다. 술을 빚기에는 너무 이른 시간인 모양이었다. 관리실로 가 문을 두드리니 한 남자가 나왔다. 사진을 찍겠다는 부탁에 "작업장 안으로 들어가면 안 된다"는 다짐을 받으며 허락했다. 술을 만드는 과정을 담을 수 없으니 목적의 반만 이루는 셈이었다.

밖에선 2층으로 보이던 건물이 실상은 1층짜리 구조였다. 높은 천장에서 아침 햇살이 폭포처럼 쏟아져 들어와 벽에 그림을 그리고 있었다. 내부 역시 곳곳에 세월의 흔적을 품고 있었다. 얼마나 넓은지 한쪽 편에 커다란 우물까지 있었다. 지하수를 끌어올려 쓰는 것 같았다. 안으로 들어가 한쪽 공간을 들여다보니 커다란 독들이 술도가임을 설명해 주고 있었다. 또 다른 공간에는 곡물 포대가 쌓여 있고 술을 만드는 데 쓰이는 것으로 보이는 도구들이 자리 잡고 있었다.

지평막걸리는 아직도 옛날 방식으로 막걸리를 빚는 유일한 술도가라고 한다.

지평막걸리가 살아남을 수 있었던 건 뛰어난 '맛' 덕분이다. 달달한 게 한번 맛들이면 잊기 쉽지 않다고 한다. 그래서 양평 일대뿐 아니라 서울까지 소문이 나 있다. 몇 해 전에는 드라마 〈술의 나라〉 촬영지로 주목을 받기도 했다.

도가에서 나와 조금 떨어져 있는 판매장으로 가 지평막걸리를 한 병 샀다. 햇빛 잘 드는 빈터에 앉아 막걸리를 조금씩 마시며 소망 하나를 품었다. 이런 양조장들이 오래 오래 살아남아, 온 국민의 사랑을 받던 막걸리의 맛을 지켜 주길……. 그래서 '사라져 가는 것들' 품목에서 뺄 수 있기를…….

완행열차와 간이역의 추억

완행열차 기쁨과 아픔을 품고 달리던
간이역 차창 밖, 그 풍경은 어디 갔나
풍금 선생님은 음악 시간이 싫었다
분교 빈 운동장의 운동화 한 켤레
그네 흰 구름 안고 하늘로 풍덩!
구멍가게 세월이 할퀴고 간 동네사랑방
옛날극장 껌 팔던 아이마저 떠난 뒤
똥개 눈물도 웃음도 함께했던
달걀꾸러미 잊지 못할 어느 아낙의 선물
내원마을 억새들이 들려주는 옛이야기

완행열차

기쁨과 아픔을 품고 달리던

#1

어머니의 기차 여행은 단 한 번으로 끝났다. 그나마 반백 년 전의 일이다. 그 '사건' 이 있은 뒤로 어머니는 기차 이야기만 나오면 무조건 손사래를 치고 돌아앉았다. 당신이 '기차 거부증' 에 걸리게 된 원인은 요즘 말로 '안 좋은 추억' 때문이다. 처음이자 마지막인 그 기차 여행은 큰아이가 다섯 살이었고 작은아이가 돌을 갓 지냈을 무렵에 이뤄졌다.

급한 일이 생겨 친정에 다녀와야 했던 어머니는 기차를 타기로 결심했다. '결심했다' 는 표현을 쓰는 건, 기차를 타는 게 그리 잦거나 쉽지 않았던 시절이었다는 뜻이다. 남녀노소를 막론하고 수십 리 길 정도는 걸어 다니는 게 예사였다. 하지만 다섯 살짜리 아이를 걸리고 작은아이를 업고 먼 길을 가기에는 부담

스러웠을 것이다. 어머니가 탄 차는 장항선 완행열차였다. 장항선 완행열차는 충청남도 끄트머리인 장항과 서울을 이 빠진 빗처럼 듬성듬성 오갔다. 서민들에게 기차가 유일(?)한 교통수단이었던 시절, 완행열차는 항상 미어터졌다. 서울 아들네에 가는 노인, 먼 장에 가는 새우젓 장수, 통학하는 학생들까지 발 디딜 틈이 없었다. 좌석이니 입석이니 자리 구분도 없었다. 어렵게 기차에 오른 두 아이의 어머니, 시골아낙에게 그런 환경은 끔찍했을 것이다. 큰아이를 챙기랴, 낯선 환경에 놀라 울어대는 작은아이를 달래랴…….

다행히 당신의 친정이 그리 멀지는 않았는지라 고난의 시간은 비교적 빨리 끝났다. 목적지에 도착하자, 어머니는 작은아이를 업고 길을 내면서 큰아이에게 뒤를 바짝 따라오라고 일렀다. 짐을 들고 아이까지 업은 여자가 통로에 가득 찬 사람들을 뚫고 나가는 일은 보통 고역이 아니었다. 기차는 거친 숨을 가라앉히기도 전에 빼액~빼액~ 출발의 기적을 울려 댔다. 기차가 떠나기 직전 어머니는 맨땅에 두 발을 디딜 수 있었다. 안도의 숨을 크게 내쉬며 뒤를 돌아보는 순간, 어머니의 입에서 비명이 터졌다. 아뿔싸! 큰아이가 없었다. 다섯 살짜리 아이는 복잡한 사람들 틈 어딘가에서 엄마를 놓친 것이었다.

열차에 '담긴 채' 사라진 그 아이는 집안의 장손이었다. 자책으로 어머니는 정신을 반쯤 놓아 버리고 말았다. 소리 지르며 달려갔지만, 이미 저만치 멀어져 가고 있는 기차가 멈출 리 없었다. 역무원들이 다가와 무슨 일이냐 물었다. 울음 섞인 설명 반 눈치 반으로 사정을 알아챈 그들이, 아이를 찾을 수 있으니 걱정 말라고 위로했지만 어머니는 반신반의했다. 그들의 말대로, 열차에 혼자 남겨졌던 큰아이는 다음 역에서 내려졌고, 꽤 오래 기다린 끝에 눈물의 모자 상봉이 이뤄졌다. 그 뒤로 어머니는 기차를 타지 않았다.

#2

그 아이는 어떻게 됐을까. 그날 편안한 어머니의 등에 업혀, "형이 따라오지 않는다"는 귀띔 한마디 안 했던 작은아이. 당연히 인지 능력과 언어 능력이 떨어진다는 이유로 어떤 벌도 받지 않았다. 그리고 그냥저냥 자라 중학생이 되었다. 어머니가 기차를 타지 않는 이유 따위는 기억조차 못하는 아이였기 때문에 종종 기차를 탔다. 아이는 주로 '빽차'를 탔다. 빽차는 경찰의 백차와는 아무 상관없는, 공짜로 타는 기차를 가리키는 아이들의 은어였다.

사실 아이의 집과 학교는 기차로 통학할 만한 구간은 아니었다. 산골이 집인 아이는 학교를 가기 위해 30리 길을 걸어야 했는데, 그렇게 걸어가는 시간보다 기차를 타고 돌아 돌아가는 시간이 더 걸렸다. 물론 기차를 탈 만한 돈이 있었던 것도 아니었다. 그럴 돈이 있었으면 빵이라도 하나 더 사 먹어 허기를 달랬을 것이다. 돈이 없어도 기차를 탔고, 돈이 없어서 빽차를 탔다. 물론 대부분 시간이 넉넉한 하굣길이었다. 아이는 유난히 기차를 좋아했다. 연기를 내뿜으며 달려가는 기차의 그림자만 봐도 마음이 설렜다.

빽차를 타는 방법은 표를 사서 기차를 타는 것보다 더 간단했다. 시골역의 시

설이라는 게 거지반은 허술하기 그지없었다. 역사(驛舍)에서 조금 벗어나면 담이라고 시늉을 내기 위해 나무들을 심어 놨지만, 이곳과 저곳을 구분하는 경계 이상의 역할을 하지 못했다. 그 틈으로 들어가면 어렵지 않게 플랫폼에 도달했다. 석탄가루가 산처럼 쌓여 있는 '화물 지역' 역시 빽차를 타기 위한 통로 중 하나였다.

빽차를 타는 건 아이 혼자만은 아니었다. 아니, 혼자는 재미가 없었다. 같은 동네에 사는 고만고만한 아이들이 같이 움직였다. 가끔 여객전무가 저만치에서

표 검사를 하며 다가오는 걸 볼 수 있었다. 그가 가까이 올수록 아이들은 계속 뒤 칸으로 밀렸다. 하지만 그것으로 끝이었다. 대부분의 경우 '특별한 일'이 일어나기 전에 목적지에 도착할 수 있었다. 정말 위기라고 생각될 땐 화장실에 숨거나 재주껏 피했다. 스릴을 즐길 뿐, 그런 짓이 범법 행위라는 인식 자체가 없었다. 아이의 머리는 그렇게, 완행열차 안에서 굵어 가고 있었다.

지금이야 곳곳에 고속도로가 뚫리고 번듯한 아스팔트길이 산골까지 파고들었지만, 몇 십 년 전까지만 해도 기차는 이 나라 탈것들의 제왕이었다. 그중에서도 완행열차는 많은 사랑을 받았다. 민초들의 기쁨과 아픔까지 고스란히 품고 밤낮으로 달렸다. 돈벌이를 찾아 도시로 가는 처녀도, 청운의 꿈을 안고 상경하는 청년도 완행열차를 타고 고향을 떠났다. 완행열차를 타고 국토를 달리다 보면 눈을 감고 있어도 어디쯤 달리고 있는지 대충 알 수 있었다. 중간중간 사람들이 타고 내릴 때마다 사투리가 바뀌었고 공기도 달라졌다. 완행열차는 요즘의 KTX처럼 영화를 보여 주지도 않았고, 상냥한 미소의 여승무원도 없었다. 지정된 좌석이 없어서 끼어 앉거나 통로에 주저앉기도 했다. 아무리 더워도 선풍기 바람이면 족했고, 시큼한 땀 냄새가 가실 날이 없었다. 그래도 완행열차는 한없이 정겨웠다.

이제 그런 풍경을 보기는 쉽지 않다. 눈이 팽팽 돌아가는 속도 경쟁에서 밀려, 소박한 삶을 실어 나르던 완행열차는 역사의 뒤안길로 사라지고 말았다. 완행열차에나 타야 볼 수 있던, 창밖으로 느리게 따라오던 풍경도 사라졌다. 하지만 빠르다고 무조건 좋은 것은 아닐 것이다. 지금도 문득 세상에서 한발 비껴나서 자신을 들여다보고 싶을 때, 가장 먼저 떠오르는 것은 완행열차다. 그 질박했던 객차 어디쯤에는 오래 전에 잊어버린 꿈이 길게 누워 있을 것만 같다.

급행열차를 놓친 것은
잘된 일이다

조그만 간이역의 늙은 역무원
바람에 흔들리는 노오란 들국화

애틋이 숨어 있는 쓸쓸한 아름다움
하마터면 나 모를 뻔하였지

완행열차를 탄 것은
잘된 일이다

서러운 종착역은 어둠에 젖어
거기 항시 기다리고 있거니

천천히 아주 천천히

누비듯이 혹은 홈질하듯이

서두름 없는 인생의 기쁨

하마터면 나 모를 뻔하였지.

— 허영자의 〈완행열차〉 전문

기행 수첩

전남 곡성에 가면 '섬진강 기차마을'이 있습니다. 곡성군에서 관광객 유치를 위해 만들어 놓은 것이겠지만, 추억을 오롯이 되살려 보고 싶은 이들은 한번쯤 찾아볼 만한 곳입니다. 그곳에는 과거의 시간들이 곳곳에 빨래처럼 널어져 있습니다. 오래 전에 잃어버렸던, 어디로 갔을까 두리번거리며 찾던 것들입니다. 요즘은 보기 힘든 기차들도 전시돼 있고 근대의 거리도 재현해 놓았습니다. 실제로 1900년대 초기에나 대지를 달렸을 법한 '늙은 기차'를 타 볼 수 있습니다. 기차는 느릿느릿 달리지만 누구도 지루하다는 표정을 짓지 않습니다. 작은 사과들이 몸집을 키우는 과수원도 지나고, 납작하게 엎드려 지붕에 하얀 박을 이고 있는 시골집들도 만날 수 있습니다. 섬진강의 강물과 도로의 자동차와 철도 위의 기차가 경주라도 하듯 나란히 달리기도 합니다. 빼액~ 기적도 울려 주고 길게 연기도 내뿜고…… 여름날, 그 기차 안에서 땀을 뻘뻘 흘리던 중년사내들의 표정은 한없이 행복해 보였습니다.

간이역

차창 밖, 그 풍경은 어디 갔나

구둔의 시간들은 박제된 채 나무마다 걸려 있다. 구둔(九屯)이라는 조금 투박한 이름 탓일까, 아니면 겨울 아침이라 그럴까. 모든 게 느리게 움직인다. 마을 풍경은, 한 자리에 오래 서 있어도 그림을 보는 듯 변화가 없다. 추수를 마친 들녘은 도둑맞은 곳간처럼 텅 비어 있다. 그 한가운데를 장난기 가득한 바람이 키득거리며 지나간다. 아무리 둘러봐도 기차역이 있을 만한 동네는 아니다. 충청도나 강원도 길에서 눈에 익었던 그만그만한 시골마을일 뿐이다.

설마 다른 길을 가르쳐 주었을까. 조금 전 길을 알려 주던 노인을 믿는 마음으로 언덕길을 자꾸 올라가니, 아! 보인다. 세월을 이고 진 간이역 하나가 달력 속의 그림처럼 덩그러니 서 있다. 어쩌면 기차역보다는 교회라도 들어앉아 뎅그렁! 뎅그렁!! 종소리를 울리는 게 더 어울릴 듯한 위치다. 아침 햇살이 부챗살 같은 손을 내밀어 역사(驛舍)를 쓰다듬고 있다. 머리에 잔설을 이고 있는 향나무는 역사와 함께 늙어 버렸다. 내내 가슴을 옥죄던 매듭이 한없이 느슨해진다. 무엇을 얻고자 그리 허덕거리며 살아온 건지. 천천히 역 앞마당을 걷는다. 역사의 문을 열고 들어가는 시간을 최대한 유예하기로 한다.

구둔역을 찾은 건, 좀 느닷없이 이뤄진 일이었다. 순례기라도 쓸 만큼 간이역에 관심이 많았던 것도 아니다. 간이역들을 찾아다니며 작은 돌, 풀 한 포기에 담긴 이야기를 전하는 이들의 정성에 비하면 기차니 역이니 운운할 자격조차 없다. 순전히 마음의 짐 때문이었다. '장항선개량사업' 에 의해 간이역 몇 개가 사라진다는 소식을 들은 뒤 턱없는 우울증에 시달렸다. 장항선은 내 고향과 연결된 탯줄 같은 존재다. 아직도 마음속에는 고향으로 가는 유일한 통로로 남아 있다.

성장기에 새겨진 간이역들의 풍경은 삭막한 도시 생활에도 얼마나 위안이 되었는지. 간이역은 그 자체가 그림이고 음악이고 시였다. 키 작은 소나무가 흰 눈을 쓰고 서 있는 초겨울 풍경, 역에서 출발해 저 멀리 달음질치던 들길, 팻말 하나 벤치 두 개를 달랑 안고 있는 플랫폼. 그 풍경과 항상 겹쳐 떠오르는 하얀 교복의 소녀……. 사라지기 전에 꼭 한 번 그 간이역들을 돌아보고 싶다는 생각에 시달리면서도 이상스러울 만큼 발길을 할 수 없었다. 마치 무엇인가가 자꾸 밀어내는 것 같았다. 그래서 중앙선의 구둔역으로 목적지를 잡았다. 따지고 보면 장항선의 선장역이든 중앙선의 구둔역이든 다를 것도 없었다.

역사 뒤편으로 돌아가 본다. 이쪽과 저쪽을 구분하는 담은 없다. 흰색 강아지 한 마리가 꼬리를 흔들며 어서 오라고 난리다. 애당초 경계라는 걸 배운 눈치가 아니다. 반겨 주는 존재가 있다는 건 고마운 일이다. 은행잎처럼 노랗게 쏟아져 내리는 햇살을 맞으며 강아지와 놀고 있는데 역사에서 사람이 나온다. 한 사람이 근무하는 역이니 역장이실 테다. 꽤 오랫동안 가슴을 적시던 일본 영화 〈철도원〉의 역장이 떠오른다. 영화 속의 '철도원' 보다는 젊지만, 쓸쓸한 역을 홀로 지키고 있다는 점에서 동질성을 본다. 목례로 인사를 나눈다. "별로 볼 것도 없는데 여기까지…… 대합실로 들어가서 난로 켜 놓고 몸이나 녹이세요." 이미 객과 주인의 경계가 허물어졌음을 알아챘다. 추운 사람은 누구나 들어가 난로를 켜고 몸을 녹이는…….

기차 한 대가 달려오더니 숨 한번 토해 놓을 새 없이 내쳐 달린다. 하루 상하행 세 번씩 외에는 기차가 서지 않는 역. '그냥 지나가는 기차' 중 하나를 본 셈이다. 그래도 숨 놓은 짐승의 핏줄에 피가 도는 것이라도 본 듯 반갑다. 철망 안의 토끼 몇 마리, 그리고 괜스레 닭들을 겁박하고 있는 오리와 잠시 눈인사를 나눈다.

임진왜란 때 아홉 개의 진지가 구축되었다고 해서 구둔이라 불렀다던가. 행정구역으로는 경기도 양평군 지제면 일신리이다. 구둔역은 1940년 5월 1일 보통역으로 문을 열었다. 십수 년 전까지만 해도 제법 북적거리는 역이었다고 한다. 주민들이 약초와 산나물을 팔러 서울 경동시장을 나다니기도 했고, 양평 장

구 둔 역
九 屯 駅
Kudun Station

합 니 다
열차시간표
KORAIL
여객운임표
KORAIL

날이면 장꾼들로 넘쳤다는 것이다. 또 통학하는 학생들도 꽤 되었다고 한다. 하지만 기차보다 편리한 교통수단이 속속 등장하고, 젊은이들이 도시로 떠나면서 역은 나날이 쓸쓸해졌을 것이다. 결국 1996년 1월 1일 '승차권 차내 취급역' 으로 전환됐다. 즉, 차표를 팔지 않고 열차 내에서 표를 사는 간이역이 된 것이다.

역사 안으로 들어가다가 벽에 붙어 있는 팻말을 발견한다. '등록문화재 제296호 대한민국 근대문화유산' 그나마 다행이다. 문화재가 되었다니 최소한 헐릴 일은 없을 것이다. 2010년 중앙선 복선화 공사가 끝나면 통과 열차도 사라진다. 따라서 지금은 한국철도공사 소속이지만 2010년 이후에는 문화재로 관리하게 된다고 한다. 결국 기차역은 사라지고 건물만 남아 추억을 더듬어 찾아오는 사람들을 반길 것이다.

역사로 들어서니 커다란 난로부터 눈에 들어온다. 오른쪽 벽에는 '열차시간표' 와 '여객운임표' 가 붙어 있다. 역시 시간표에는 상행, 하행이 딱 세 줄씩이다. 청량리, 청량리, 청량리……. 안동, 강릉, 제천. 매표구는 막혀 있다. "구둔역에 오신 것을 환영합니다" 라는 문구가 대신 붙어 있다. 많게는 여남은 명이 앉을 수 있는 나무의자에 방석 몇 개가 곱게 놓여 있다. 누군가가 앉았다가 금방 기차를 타고 떠난 것처럼 온기가 느껴진다.

무언가 미진한 마음에 자꾸 대합실을 둘러본다. 어차피 세상은 누군가가 정해 놓은 방향으로 달려가게 마련이다. 새로운 철로가 놓이고 그 위를 빠른 기차가 달리면 훨씬 편리해질 것이다. 하지만 그게 전부일까. 빨라지는 만큼 놓치는 것도 많아진다는 걸 너무 쉽게 잊는 건 아닐까. 느린 기차를 타고 가는 길에 하나하나 가슴에 담던 창밖의 풍경들, 그리고 간이역에서 정을 나누던 따뜻한 모습은 이제 어디서 만나야 할지. 구둔역. 몇 년 뒤면 역으로서의 역할을 다하겠지만, 향나무, 은행나무는 그 자리를 계속 지키고 있을 것이다. 그래서 늙은 이야기꾼처럼 쉬지 않고 들려줄 것이다. 긴 세월 이곳에 서서 듣고 보았던 사랑과 이별 이야기를…….

기행 수첩

도시를 벗어나면, 시간이 아주 천천히 간다는 걸 실감합니다. 구둔에서도 마찬가지였습니다. 정지화면처럼 변화 없는 주변 풍경 때문일지도 모릅니다. 결정적인 원인이야 도시에서보다 마음이 느긋해지기 때문이겠지요. 구둔은 기차를 타고 가는 것이 좋습니다. 청량리에서 구둔으로 가는 열차는 07시, 12시, 19시에 있고, 구둔역에서 청량리로 가는 열차는 06시 45분, 12시 15분, 16시 55분에 있습니다.(변동될 수도 있는 정보이기 때문에 미리 확인해야 합니다.) 구둔에 가면 구둔역에서만 머물다 올 일은 아닙니다. 앞에 펼쳐져 있는 동네에서 어슬렁거려 보는 것도 괜찮을 것 같습니다. 여기가 과연 서울에서 한 시간 남짓밖에 떨어지지 않은 마을일까 싶을 정도로 고즈넉한 곳입니다. 물론 언젠가 개발의 바람에 밀려 다른 모습으로 변하겠지만, 아직은 그 흔한 펜션이나 아파트 한 채 보이지 않습니다. 이웃 지평면에 막걸리 맛이 최고라고 소문난 지평양조장이 있습니다.

KORAIL 승차권구입안내
○ 우리역에서는 승차권을 발매하지 않습니다.
○ 열차내에서 승무원에게 승차권을 구입하시기 바랍니다.
○ 타는곳에 나가실 때에는 역직원의 안내를 받으시기 바랍니다.
구둔역장
구둔역에 오신것
합니다

풍금

선생님은 음악 시간이 싫었다

덩치가 산이요 힘이 장사라, 천하에 겁날 것 없었던 황만금 선생님도 단 하나 두려운 게 있었다.

음악 시간이 가까워 올수록 그는 점점 작아졌다.

노래라면 〈심청가〉를 완창하라고 해도 무섭지 않았지만, 결정적인 문제는 풍금을 치는 데 서툴다는 것이었다.

학교의 유일한 악기인, 풍금을 못 친다는 것은 아이들에게 제대로 된 음악 교육을 할 수 없다는 뜻이었다.

교과 과정에 국어나 사회나 체육만 있었으면 좋으련만, 없는 집 제사 돌아오듯 음악 시간은 꼬박꼬박 돌아왔다.

그놈의 풍금은 왜 아무리 연습해도 늘지 않는지.

음악 시간이 되기 전에 두어 번 화장실을 다녀와도 풍금 앞에만 앉으면 아랫배가 무지근하고 등에 땀이 났다.

그래도 노래는 가르쳐야 한다.

풍금 덮개를 열고 심호흡을 한 뒤, 뿜빠뿜빠 전주를 넣는다.

"자, 따라 불러라 잉! 시이~작!"

"해님이 방긋 웃는 이른 아침에 / 나팔꽃 아가씨 나팔 불어요 // 잠꾸러기 그만 자고 일어나라고 / 나팔꽃이 또또따따 나팔 불어요"

이런 이런! 별 탈 없이 잘 나가고 있다.

그러나……

황만금 선생님 입에서 허억! 바람 빠지는 소리가 새어 나온 건 순간이었다.

마지막 '나팔'이 문제였다.

"나팔 불어요~" 하고 끝내면 되는데 나팔에서 음이 턱, 하고 걸리더니 넘어가지 못하고 계속 반복되었다.

나팔, 나팔, 나팔……

아이들이 노래를 부르는 대신 킥킥 웃었다.

황만금 선생님에게 노래를 배운 아이들은 〈나팔 불어요〉라는 노래를 부를 땐 항상 "나팔꽃이 또또따따 나팔, 나팔, 나팔 불어요"라고 불렀다.

입에서 장난기 어린 웃음이 사라지지 않았다.

황만금 선생님은 속절없이 늙어 갔고, 학교마다 풍금은 사라졌다.

분교

빈 운동장의 운동화 한 켤레

벼르고 별러서 떠난 여행이었다. 너무 팽팽하게 감아 버린 기타줄처럼, 몸 안의 신경줄들이 어느 날 툭! 툭! 끊어질지 모른다는 위기감에 시달리던 참이었다. 특별한 목적지를 정하지 않고 남쪽으로 가는 차에 몸을 실었다. 무언가 기다리고 있을 거라는 막연한 기대와 함께였다. 기대가 남아 있다는 건 설렘이 있다는 것이고, 설렘이 있다는 건 내 안에 존재하는 희망의 불씨가 다 스러지지 않았기 때문일 거라고 스스로를 격려했다.

버스를 타고 낯선 시골길을 달리는 건 행복한 일이다. 남쪽 어느 마을을 지나는 참이었다. 여름은 온 세상에 짙푸른 물감을 마구 뿌려 놓았다. 들과 산을 손에 쥐고 짜면 파란물이라도 뚝뚝 떨어질 것처럼 눈부신 한낮. 초점 없이 내내 창 밖에 머물러 있던 시선이 어느 순간 한 지점에 딱 멈춘다. 딱히 뭐라고 할 수

는 없지만 강력하게 끌어당기는 힘 같은 것 때문이다. 언뜻 봐도 작은 학교인 듯싶다. 하지만 정상적으로 운영되고 있는 학교는 아닌 것 같다. 주변에는 풀이 무성하고, 퇴색하고 있는 것들이 공통적으로 보여 주는 특유의 색깔이 배어 있다. 폐교일 거라고 생각해 보지만, 동네가 꽤 큰데다 한눈에도 부촌임을 알 수 있을 정도로 번듯했기 때문에 쉽사리 고개를 끄덕일 수 없다.

꽤 오래 전부터 버스 안의 손님이라고는 나 하나뿐이다. 운전사에게 다가가 내려달라고 부탁한다. 운전사는 힘도 들이지 않고 대답한다. "걱정 마슈. 여기가 종점이니 내리기 싫다고 해도 내려 줍니다." 마음이 따뜻한 만큼 말이 딱딱한 이곳 사람들은 농담도 가끔은 화난 것처럼 한다. 차에서 내려 다가가 보니 한 눈에 폐교임이 확인된다. 곳곳에 쇠락의 흔적이 역력하다. 이런 큰 동네도

아이들이 없어 폐교를 하다니……. 작지만 꽤 아름다운 학교였음이 틀림없다. 운동장엔 아름드리 벚나무들이 열병식을 하고 있다. 나무마다 검은 열매가 가득 열려 있어 군침을 돌게 한다. 땅에도 새까맣게 떨어져 있다. 몇 개를 입에 넣어 보지만 어렸을 때 입안을 황홀하게 해 주던 그 맛이 아니다. 세상을 너무 많이 알아 버린 걸까. 들큼하지만 시큼한 그리고 조금은 떫은맛이 입안에 가득 찬다. 개구리 한 마리가 낯선 기척에 놀랐는지 저만치 달아난다. 운동장을 걸어 본다. 어떤 아이가 떨어트리고 간 것일까. 운동장 한가운데에 운동화 한 켤레가 뒹굴고 있다. 꺄르르, 꺄르륵……. 어디선가 아이들의 웃음소리가 들려오는 것 같다.

학교 건물은 밖에서 본 것보다는 원형을 잘 유지하고 있다. 교실 문에는 판자를 대 못질해 놓고 "무단출입 땐 책임을 묻겠다"는 경고문을 붙여 놨다. 좀 으스스하다. 안으로 들어가 볼 수는 없지만 조금만 손질하면 훌륭한 삶터가 될 것 같다. 폐교를 활용해 무언가 해 보고 싶다는 꿈을 꿔온 터라 쉽사리 돌아 나오지 못한다. 텅 빈 게시판 앞에서 교적비를 발견한다. "1964년에 개교하여 졸업생 420명을 배출하고 1994년에 폐교……" 1994년이면 10년도 훨씬 넘었다. 그런데도 건물이 멀쩡한 걸 보면 그동안 동네 사람들이 돌봐 왔을지도 모른다는 생각이 든다. 하긴 주민들이 이 학교를 다녔을 테니.

학교 이야기라도 들을까 싶어 동네를 어슬렁거려 보지만 강아지 몇 마리만 배회하고 있을 뿐이다. 저만치 노인 한 분을 보고 다가갈까 하다 멈춰 버린다.

부질없는 짓이다. 태어나 죽은 이야기를 들은들 무엇 하랴. 결국 학교 다닐 아이들이 없다는 사실만 확인하고 말 것을.

인연이 그랬던 걸까. 또 다른 폐교와 만난 건 전국적으로 유명한 다랑논을 찾아갔을 때였다. 이른 아침에 도착한 터라 느린 걸음으로 어슬렁거리며 돌아보던 차에 건물 하나에 또 시선을 잡혀 버리고 만다. 풍경으로 치면 먼저 본 학교보다 훨씬 아름답다. 바다가 코앞에 있다. 운동장가에 만들어 놓은 꽃밭에는 붉고 노란 꽃들이 초여름 햇살의 손길에 까르르 숨이 넘어간다. 바다에서 올라온 바람이 등에 찬 땀을 거둬 간다. 철퍼덕 주저앉아 배낭에 넣어 온 맥주를 꺼낸다. 맥주는 미지근하지만 마음은 한없이 청량해진다.

운동장과 교실 사이의 작은 언덕에는 이 충무공의 동상이 바다를 굽어보고 있다. 동상 앞에는 조회를 할 때 쓰던 교단이 의연한 자세로 서 있다. 머리가 조금 벗겨진 교장 선생님이 아이들에게 훈화하고 있는 모습을 상상해 본다. "너희들은 이 나라의 기둥이니 밝고 바르게……" 매번 듣는 훈화가 지루해진 아이들은 발로 흙을 툭툭 차기도 하고, 저희들끼리 장난도 쳤을 것이다. 그 아이들은 모두 어디로 간 것일까.

이곳은 교실을 폐쇄하지 않아 드나드는 데 제약이 없다. 어느 교실엔 책걸상이 가득 쌓여 있고 어느 교실은 먼지만 바닥에서 배밀이를 하고 있다. 천장의 알전구는 지금이라도 스위치를 올리면 세상을 훤하게 밝힐 것 같다. 칠판은 낙서로 가득 채워져 있다. "은수 왔다감", "경수, 상래, 호금 다녀감", "모두 모두

잘됐으면 좋겠다." 이 학교를 마지막으로 다녔던 졸업생들일까? 안부와 소망, 안타까움이 백묵가루처럼 묻어 있다. 열 명, 다섯 명, 세 명, 두 명…… 학교에 아이들이 자꾸 줄어들어, 결국 문을 닫게 되었을 때 얼마나 많은 눈물이 있었을까.

창문 쪽으로 돌아서니 파란 하늘과 바다가 한 눈에 들어온다. 그 환한 빛 속에서 공부했을 아이들. 그들의 가슴은 또 얼마나 아름답게 빛났을까. 복도는 시간의 무게에 짓눌려 반 이상은 내려앉아 있다. 삐걱거리며 걷는 내내 아이들이 남겼을 이야기를 들으려 귀를 기울여 본다. 뒤뜰에서 물이 끊긴 급수대와 무너질 듯 위태로운 화장실을 만난다. 마침 불어온 바람에 화장실 문이 덜컹하고 소리를 지른다. 반갑다는 소린지, 그만 나가라는 소린지. 초여름의 싱싱한 해가 학교 건물에 레이저 광선을 닮은 빛을 쏘아 댄다.

꿈을 꾸듯, 오래된 화단에 앉아 턱을 괴고 상념에 빠진다. 본교가 분교가 되고, 그 분교마저 세월의 손아귀에 휘둘리다 사라져 가고……. 이 나라에 존재했던 분교라는 이름은 그렇게 잊혀질 것이다. 아무리 깊은 산골마을이라도 숨듯이 서 있던, 하지만 그 마을에서 가장 자랑스러웠던, 아이들의 재잘거림 속에 아침마다 게으르게 기지개를 켜던 학교 건물은 뇌리에서 지워져 갈 것이다.

흰 구름 안고 하늘로 풍덩!

그네가 아주 사라지기야 했겠습니까.

지금도 유치원이나 아파트 놀이터에 가면, 아이들을 태운 채 삐그덕 삐그덕 노래하는 그네야 얼마든지 있지요.

그런데 왜 이 억지냐고요?

솔직히 말해서 그 차가운 금속성 물체에 앉아 있으면 그네 타는 맛이 나던가요?

그네라면 성춘향이가 이몽룡의 눈에 콩껍질을 확 덮어 버린, 남원 광한루 큰 나무에 매달렸던 동아줄 든든한 그네 정도는 돼야지요.

뭐 거기까지는 바라지 않더라도, 순이 누나가 바람 휭휭 일으키며 신나게 구르던, 동네 어귀 정자나무의 그네 정도는 돼야 그럴듯해 보이지요.

이몽룡이 아니더라도, 그네를 타는 모습이 얼마나 보기 좋았다고요.

흰 구름 한 아름 안고 파란 하늘로 풍덩 빠져 버리면 와! 와! 탄성을 지르다가도, 어느 순간엔 무섬증이 일어 한숨을 포옥~ 포옥~ 내쉬던 게 그네 아니었던가요.

어느 해 가을날, 아버지가 멀리 떠나기 전날이었을 겁니다.

조락의 길에 들어선 햇볕은 그날따라 유난히 눈부셨습니다.

아버지가 바깥마당 감나무 가지에 그네를 매어 주셨지요.

춘향이가 탔다는 그네는 본 적이 없으니 잘 모르겠고요, 순이 누나가 타던 그네보다도 훨씬 작은 그런 그네였습니다.

그래도 짱짱하게 매어진 그네는 정말 예뻤습니다.

아버지는 동네에서 알아주는 솜씨꾼이었거든요.

나무를 손으로 깎아 매달아 놓은 발판도 앙증맞았지요.

그날 이후, 내내 그네를 타고 놀았습니다.

틈만 나면 그네에 앉아 있었지요.

어느 땐, 밥 먹으라고 불러도 듣지 못할 정도였습니다.

누가 밀어 주는 사람이 있거나 특별히 재미가 있어서 그랬던 건 아니고요.

순이 누나처럼 하늘까지 날아 보겠다는 꿈을 꾸고 있었던 건 더더욱 아닙니다.

그곳에서 그냥 기다릴 뿐이었습니다.

하루 이틀…… 한 달 두 달…… 겨울 그리고 봄…….

감나무에 새 잎이 돋고 꽃이 피고, 새 열매가 달릴 만큼 시간이 흘러도 아버지는 돌아오지 않았습니다.

그네에 앉아 있는 시간은 자꾸 길어져 갔습니다.

구멍가게

세월이 할퀴고 간 동네사랑방

할머니의 병은, 두어 달마다 한 번씩 찾아오는 빚쟁이 같았다. 혼자서 힘들게 김장을 했다든지, 집 떠난 아들이 야속하고 보고 싶어 부엌에서 눈물이라도 훔친 날이면 어김없이 자리에 누웠다. 보통 몸살과는 달라 전신을 떨면서 며칠 동안 비몽사몽간을 헤매기 일쑤였다. 그렇게 앓고 난 뒤 몸을 일으킬 만하면 아이에게 주문하는 게 라면이었다. "양짓말 종숙이네 가게에 가서 라면 한 봉다리 달라고 하거라." 할머니의 입에서 그 말이 떨어지면 털고 일어날 만큼 병세가 호전되었다는 신호였다.

하지만 대부분의 경우, 집 안에 라면을 살 만한 돈이 있을 리 없었다. 여기저기 뒤져서 동전 한두 푼 찾아낸다고 해도 턱없이 부족하기 마련이었다. 그때마다 할머니는 "나중에 줄 테니 달아 놓고 달라고 해라"며 등을 떠밀었다. 아이에게는 죽기보다 더 싫은 외상 심부름이었다. 하지만 노란 닭기름이 동동 뜨는 라면 한 그릇이, 할머니 병에 얼마나 즉효약인지 잘 아는 아이로서는 선택의 여지가 없었다.

한겨울 찬바람을 뚫고 가게 앞까지 가서도 한참 망설이게 마련이었다. 볼이 꽁꽁 얼어붙어 감각이 없어질 지경이 돼서야 문에 살며시 손을 댔다. 미닫이문은 너무 빡빡해서 온 힘을 다 줘야 했다. 가게와 함께 늙어 버린 문은 아이의 기대를 배신하고 늘 날카로운 신음을 뱉어 냈다. 문을 열고 들어서면, 돋보기안경을 쓰고 주판알을 튀기거나 뜨개질을 하던 종숙 할머니가 '지금쯤 네가 올 줄 알았다' 는 듯 아이를 내려다봤다. 아이에게 가장 힘든 순간이었다.

할머니의 말을 전하면서도 등에는 땀이 흘렀다. 종숙 할머니가 아무 말 없이 진열대에서 라면 한 봉지를 내리고, 먼지를 탁탁 털어서 건네주면 그날은 행운의 날이었다. 하지만 대개는 긴 훈시에 시달려야 했다. "저번에 가져간 라면 값도 아직 그대로다. 나는 땅을 파서 장사하는 줄 아느냐. 다음부터는 네 할머니 보고 직접 오라고 해라……." 마치, 네가 안 왔으면 심심해서 어쩔 뻔했냐는 듯 잔소리는 끝없이 이어졌다. 고개를 푹 숙인 채 그 훈시를 다 들어야 가게를 나설 수 있었다. 아이는 그때마다 다시는 오지 않으리라 결심했다. 하지만 할머니의 몸살은, 반기는 사람이 없는데도 계절마다 찾아오고는 했다.

아이에게 구멍가게는 선망의 대상이자 피하고 싶은 대상이었다. 학교 앞을 지날 때면 아이의 걸음은 빨라졌다. 돈을 쥔 아이들이 구멍가게 앞에서 이 물건

CIGARETTES
주류
식료
잡화
치약의 最高峰!
스타 치약

저 물건을 만지며 기쁨의 순간을 한껏 유예하고 있는 사이 아이는 그 앞을 벗어나기에 급급했다. 진열된 과자나 빵에 눈이라도 한번 잘못 맞추는 날에는 건잡을 수 없는 고통이 따르기 마련이었다.

가장 곤혹스런 건 미술 준비물이라도 있는 날의 등굣길이었다. 도화지를 가지고 가야 하는데 말도 꺼내지 못하고 집을 나선 날, 가게 앞에서 아무리 고민해 봐도 도화지는 손에 넘어오지 않았다. 크레용(크레파스)이야 옆에 아이 것을 빌려 쓴다고 해도, 도화지를 두 장씩 사서 나눠 줄 만큼 인심은 후하지 않았다. 남들이 그림을 그리는 내내 아이는 멍하니 앉아서, 송충이를 잡아 오라든가 쥐꼬리를 잘라 오라든가 뗏장(떼)을 떠오라는 숙제만 있었으면 좋겠다는 생각을 하곤 했다. 그런 건 식은 죽 먹기였다. 조금만 움직이면 얼마든지 구할 수 있는 것들이기 때문이다.

시골에서는 구멍가게가 물물교환 장소이기도 했다. 쌀을 팔아서 돈을 사던 시절, 현금이 없는 집에서는 아이들 준비물이 있는 날 두 손에 달걀을 들려 보냈다. 그것으로 학교 앞 가게에서 공책도 사고 연필도 사고, 좀 남으면 눈깔사탕 한두 개도 덤으로 바꿀 수 있었다. 하지만 달걀이라고 그리 흔한 건 아니었다. 설령 흔하다고 해도 돈 대신 쓸 곳은 많았다. 가난한 집에서는 상가나 혼인집에 부조를 대신하여 들고 가기도 했다.

도시에도 어느 동네나 구멍가게가 입구를 지키고 있었다. 달동네든 일반 주택가든 마을은 구멍가게로부터 시작되었다. 구멍가게의 규모가 그 동네 생활수

준의 척도가 되기도 했다. 백화점이라고는 구경도 해 보지 못한 사람들이 사는 동네, 그곳에는 구멍가게가 바로 백화점이었다. 두부나 콩나물 등 기본적인 찬거리에서부터 조미료, 설탕, 국수, 라면까지. 음료수, 과자, 아이스크림 같은 군것질거리에서부터 모기약, 고무줄, 부탄가스, 우산 같은 공산품까지. 뒤지고 뒤지면 구멍가게 안의 물건은 수백 가지가 넘었다.

좀 규모가 있는 가게의 부지런한 주인들은 새벽같이 먼 시장에 나가 배추, 무, 호박 같은 채소류에다 계절과일을 떼다 놓았다. 또 고등어, 갈치, 오징어 등의 생선을 받아다 좌판을 벌여 놓기도 했다. 연탄집이나 석유집을 겸하는 곳도 있었다. 먼지떨이를 한 손에 쥔 안주인은 물건에 동네 소식을 담은 수다를 끼워 팔고, 바깥주인은 리어카나 자전거를 몰고 골목을 누볐다.

구멍가게는 동네사랑방 구실도 톡톡히 했다. 주민들은 기쁜 일이나 슬픈 일을 가슴에 담아 가게로 모였다. 가난한 동네일수록 더 그랬다. 평상이라도 있으면 좋았고, 없더라도 사과궤짝 한두 개 엎어 놓고 그 위에 소주나 막걸리 두어 병 올려놓으면 됐다. 둘러앉아 기쁨을 합쳐 키우기도 하고, 슬픔을 나눠 줄이기도 했다. 가게 주인은 호기롭게 꽁치 통조림을 하나 따고 김치 좀 넉넉하게 넣어 안주를 한 냄비 끓여 내기도 했다.

하지만 이제 그런 풍경을 구경하기가 어려워졌다. 인심도 각박해진데다 구멍가게 자체가 사라져 가고 있기 때문이다. 조금 큰 규모의 슈퍼마켓이란 게 나타났을 땐, 그동안 얻은 인심이나 부지런함으로 버티는가 싶었다. 하지만 24시간

해태
카라멜

길성상회
담배
POST
우편

불이 꺼지지 않는 편의점, 세상에서 가장 싼 가격을 내세운 할인마트의 폭탄 공세 앞에서는 바람 앞의 촛불에 불과했다. 집집마다 승용차를 가진 시대에 굳이 구멍가게를 이용할 일은 거의 없기 때문이다. "2001년부터 2006년 사이에, 편의점과 대형마트에 눌린 구멍가게 1만 1천여 곳이 문을 닫았다"는 조사 결과도 있었다.

낯선 동네에 가면 골목 초입이나 모퉁이를 한번 둘러볼 일이다. 그러다 수줍은 듯 문을 연 구멍가게를 발견하면 망설이지 말고 들어가 보라. 음료수라도 하나 마시거나 아이스크림을 입에 물고 천천히 둘러보는 걸 잊으면 안 된다. 노동의 피로를 방석 삼아 깔고 앉아서 소주잔을 나누던 구멍가게는 곧 추억으로만 남을 터이니. 아이의 할머니가 세상을 떠나면서 몸살을 가져갔듯, 구멍가게 역시 사라지면서 많은 것을 거둬 갈 것이다. 라면과 소주에 끼워 팔았던 정과 사랑까지…….

옛날극장

껌 팔던 아이마저 떠난 뒤

조용하던 마을에 영화라는 '괴물' 은 느닷없이 찾아왔다. 가을이라고는 해도 여전히 햇살이 쏟아져 내려 신작로에 자글거리며 눕고 있었다. 허름한 트럭 한 대가 먼지를 피워 올리며 그 위를 느리게 달렸다. 잡음이 더 많은 스피커에서, 뾰족한 여자의 목소리가 튀어나와 온 동네를 맴맴 돌았다. "문화와 예술을 사랑하는 ○○면민 여러분…… 방금 개봉된 따끈따끈한 영화, 총천연색 시네마스코프 ○○○○로 오늘 밤 여러분을 모시고자……."

트럭이 마을 앞을 지나간 순간부터 동네는 들썩거리기 시작했다. 맨 먼저, 열다섯의 나이에 가출을 한 뒤 서울 물 좀 마시고 귀향한 상필형이 어깨에 힘을 잔뜩 주고 마을을 누비기 시작했다. 그는 스피커 속의 여자보다 더 말이 많았다. 마치 박노식이나 허장강과 한솥밥이라도 먹다 귀향한 양 침을 튀겼다. 아이들은 신이 나서 그의 뒤를 따라다녔다. 아이들뿐이 아니었다. 영화라는 것을 아예 구경도 못했거나 한두 번 본 게 고작인 어른들까지 저녁을 일찌감치 챙겨 먹고 날이 어둡기를 기다렸다.

해질 무렵, 꾀죄죄해진 채 집으로 돌아온 아이들은 결연한 태도로 어른들을 졸랐다. 영화를 보여 주지 않으면 동네 아이들이 단체로 웃말 방죽에 뛰어들기라도 할 듯 비장한 분위기였다. 아이들의 성화가 먹힌 건지 어른들의 인심이 후했던 건지, 그날 꽤 많은 아이들이 천막 극장에 입장할 수 있었다. 천막은 벼를 벤 논 한가운데에 세워졌다. 미처 물기가 다 빠지지 않은 바닥은 축축했다. 하지만 가마니를 깔고 앉아서도 불평하는 사람은 없었다. 숨을 죽이고 기다린 끝에 영사기가 돌아가기 시작했다. 챠르르 챠르르~ 여기저기서 침 넘어가는 소리가 들렸다.

말로만 들었던 영화라는 건, 생각보다 신기한 물건이었다. 하얀 천(스크린) 안에서 사람들이 뛰어다니고 싸우고 울고 웃는……. 스크린에는 비(?)가 주룩주룩 내리고 스피커에는 개구리라도 들어 있는 듯 잡음이 극성을 떨었지만 신기함을 반감시키지는 못했다. 아이의 영화와 관련한 첫 경험은 그렇게 얼떨결에 왔다가 갔다. 아이가 정말 영화관이란 곳을 처음 가 본 건 그로부터 한참 뒤였다.

중학교. 첫 시험이 끝나던 날 선생님이 칠판에 무엇인가 썼다. '오늘 영화 관람' 무슨 소린가 잠시 어리둥절했지만, 환호성이 터지는 데는 오래 걸리지 않았다. 읍내 출신 아이들이 비웃는 듯한 표정을 지었지만 산골에서 온 아이들은 기

뻠을 감출 수 없었다. 제목은 기억나지 않지만 장대한 스케일의 서양 영화였다. 영화는 가설극장과는 비교할 수도 없을 만큼 웅장했다. 대형(?) 스크린을 종횡무진하는 서양 배우들을 보면서 아이는 넋이 빠져 버리고 말았다. 아이와 '진짜 영화'의 만남은 그렇게 시작되었다.

중학교 다닐 때는 얌전하게 학교에서 보내 주는 영화만 봤지만, 고등학교에 가서는 '몰래 보는 영화'에 빠져들기도 했다. 돈만 생기면 친구들을 꼬여내서 극장을 찾았다. 들킬세라 2층 영사실 옆 구석자리에 앉아 영화를 봤다. 하지만 꼬리가 길면 밟히는 법. 지도 나온 학생주임 선생님에게 걸려 볼이 얼얼하도록 맞기도 했다.

그런 날들은 살처럼 빠르게 지나갔다. 수십 년이 흐른 뒤, 한 아이가 몰래 숨어 영화를 보던 모습의 극장은 거의 다 사라져 버렸다. 어느 날부터 이것저것 틀어 주던 '동네 극장'이 간판을 바꾸더니 재개봉관도 속속 자취를 감추고, 영원할 것 같았던 개봉관마저도 문을 닫는 곳이 속출했다. 어느 곳은 음식점으로, 또 어느 곳은 나이트클럽으로 변신했다. 그리고 그 빈자리를 '체인점식' 극장이 채워 나갔다.

세월 따라 극장의 겉모습도 많이 변했다. 우선 페인트로 그린 영화 프로 간판이 사라졌다. 그 자리를 매끈하게 잘 빠진 실사 포스터가 메웠다. 전에는 극장마다 간판을 전문으로 그리는 전속 '간판장이'가 있었다. 극장 한쪽 구석에는 허름한 작업실이 있게 마련이었다. 베니어판이나 각종 도구 등 잡동사니들이 동거하는 그 안에서 '간판장이'들은 아름답고 환상적인 세상을 꽃처럼 피워 냈다. 그들의 그림에 따라 그 극장의 품격이 정해지기도 했다. 신성일이니 김지미니 얼굴을 실감나게 잘 그려 사람들의 감탄을 불러일으키는 '간판장이'는 그 극장의 보배였다.

표를 팔고 사는 방식도 세월 따라 많이 달라졌다. 전에는 매표구에 돈을 넣으면 표가 나왔지만, 지금은 인터넷으로 예약을 한 뒤 기계(자동발권기)에서 표를 받거나 창구에서 예매번호와 바꾼다. 물론 매표소에서 표를 팔기도 하지만, 영화

보는 시간을 맞추기도 어려울뿐더러 줄의 꽁무니에 서 있노라면 '시대 부적응자' 로 눈총이라도 받을 것 같다. 입구에 앉아 약간은 위압적인 눈길로 드나드는 사람들을 바라보던 '기도 아저씨' 도 어디론가 떠났다.

극장 안 풍경도 많이 변했다. 아무리 청소를 해도 약간씩 지린내를 풍기던 극장 안은 불을 켜놔도 음침했다. 영화가 시작되기 전에 찾아오는 약간의 긴장과 설렘이야말로 극장에서만 느낄 수 있는 것이었다. 상영 시간이 됐는데도 소식이 없으면 쏟아지던 휘파람 소리. 아마 영사기사는 그 순간 뭔가 문제가 생긴 필름과 씨름하고 있지 않았을까. 어느 순간 기사가 필름이 담긴 양철통을 영사기에 걸면 잠시 후 차르르~ 하는 소리가 들린다. 극장 안은 조용해지고, 영사기에서 쏟아져 나온 한줄기 빛이 부유하는 먼지 사이를 달려 스크린에 박힌다. 그리고 그 빛들이 그려 내던 그림은 현실과 달리 늘 달콤했다.

필름을 얼마나 많이 돌렸는지 비는 주룩주룩 내리고, 중간 중간 끊어진 곳을 이어 놓은 까닭에 내용은 이 마을에서 저 마을로 이 시대에서 저 시대로 건너뛰기 일쑤였다. 영화를 상영하는 중간에 필름이 끊겨 극장 안이 컴컴해지면 휘파람이 난무하고, 돈 거슬러 달라는 고함이 천장을 찔렀다. 그래도 거슬러 받았다는 사람을 본 적은 없었다. 그 틈에 옆에 앉은 아가씨에게 수작을 걸다 뺨을 맞고 눈을 부라리는 설익은 건달들도 있었다. 서울에서 개봉된 영화가 시골 읍내까지 내려가려면 몇 달씩 걸리기 일쑤였다. 요즘이야 수십 개의 카피본이 전국에 동시에 걸리는 세상이니 이해하기 쉽지 않은 이야기다.

무엇보다도 잊혀지지 않는 건 군것질거리를 파는 꼬마였다. 네모진 모판에 끈을 매어 목에 걸고 껌이나 과자를 사라고 외치던 아이. 극장 측의 배려로 장사가 가능했겠지만, 컴컴한 그곳은 누구에게도 양보할 수 없는 삶의 터전이었을 것이다. 성인이 된 그 아이도 어느 날 휘황찬란한 현대식 극장을 찾을 것이다. 잘 꾸며진 매점에서 잘 튀겨진 팝콘과 콜라를 사서 아들에게 안기며 슬쩍 천장에 시선 한번 줄 것이다. 뭐, 눈물을 흘릴 것까지야 없겠지만, 그 순간 얼마나 많은 추억들이 영화처럼 명멸하며 지나갈까.

똥개

눈물도 웃음도 함께했던

제 이름은 워리입니다.

물론 제 아비나 어미가 지어 준 이름은 아닙니다.

저를 얻어온 주인영감님이 "워리" 하고 부르길래, 누룽지라도 얻어먹을까 해서 꼬리 한번 흔든 뒤로 제 이름이 되어 버린 것이지요.

제 이름을 특별히 좋다거나 불만스럽게 생각해 본 적은 없습니다.

제 할아비도 아비도 워리였는 걸요.

제 할미와 어미는 메리였고요.

주인집 셋째 손자는 저를 워리라고 부르지 않습니다.

이 아이의 성격이 좀 유별나거든요.

어디서 쥐어박히기라도 하고 오면, 저를 발로 걷어차면서 "이 똥개새끼!"라고 부르지요.

그때마다 저는 깨갱깨갱 울부짖으면서 땅바닥을 굴러야 합니다.

그러지 않고 마주 서서 눈이라도 부릅뜨는 날이면 하루 종일 맞을 가능성이 높습니다.

사실 똥개라고 부른다 하여 특별히 불만스러울 이유는 없습니다.

조상 대대로 족보 있는 똥개였다는 자부심도 있는 걸요.

자고로 똥개는 똥을 먹음으로써 그 존재 가치를 확인하는 것인데, 안타깝게도 저는 똥을 먹어 본 적이 없습니다.

그럴 기회가 없었지요.

제가 아주 어릴 적, 그러니까 이 집에 오기 전에 제 어미는 똥개가 똥개로 불리게 된 사연을 조근조근 전해 줬습니다.

옛날에는 그랬답니다.

아이들은 뒤가 마려우면 뒷간에 가지 않고 마당가에서 일을 봤다지요.

아이가 볼 일을 다 보면 기다리던 똥개가 그 똥을 날름 주워 먹는 건 물론이고 혀로 핥아 뒤처리까지 깔끔하게 해 줬답니다.

아이가 볼일을 다 봤는데, 똥개가 안 보이면 워어~리! 워어~리! 불러서 먹였다지요.

맛있어서 먹었냐고요?

그건 잘 모르겠지만 그리 마다할 이유도 없었나 봅니다.

그런 말이 있지 않습니까?

술꾼이 술 끊는다고 하고, 노름꾼이 노름 안 한다고 헛소리하면 하는 말.

"어이구, 이 화상아! 개가 똥을 마다하지. 그걸 누가 믿어."

그런 걸 보면, 조금 부끄럽지만, 제 조상들이 꽤 똥을 즐겼나 봅니다.

그런데요, 가끔 사고가 나기도 했답니다.

제 조상 중의 한 분은, 주인집 아이의 엉덩이를 핥다가 그만 불알을 덥석 물어 버렸다지요.

간덩이가 붓지 않는 한 일부러 그러기야 했겠습니까.

시력이 좀 안 좋아서, 흔들리는 불알을 떨어지는 똥으로 착각했겠지요.

하지만 그 결과는 참혹했답니다.

불알을 물린 아이는 그 집의 3대 독자였습니다.

생식 기능을 상실했으니 대가 끊겨 버린 것이지요.

제 조상이 그 자리에서 맞아 죽은 건 말할 것도 없고, 그 동네 똥개란 똥개는 그해 여름을 다 나기도 전에 씨가 말랐다지요.

사실 저희 일족은 태어날 때, 숙명처럼 비극을 지고 나옵니다.

똥개의 진정한 가치는 개장국에 있다지요?

지난 늦은 봄, 눈처럼 하얀 찔레꽃이 지천으로 필 무렵이었지요.

저는 주인 영감님이 혼잣말로 하는 소리를 듣고 몸서리를 치지 않을 수 없었습니다.

"보신엔 뭐니 뭐니 혀도 황구여!"

그러면서 입맛을 쩝쩝 다시더니 핏발이 선 눈으로 저를 힐끔 쳐다보는 것이었습니다.

똥개를 점잖게 부를 때 황구라고 하는 건 아시지요?

1년 내내 개를 키워 여름에 아들이니 사위니 모두 불러 보신을 시키는 집도 많다고 들었습니다.

그러니 여름을 무사하게 난 똥개는 그야말로 천운을 타고난 셈이지요.

물론 다음 여름을 기약하긴 어렵겠지만…….

요즘이야, 저 같은 '순종' 똥개가 어디 그리 흔하던가요.

제가 사는 이 동네만 해도 똥개를 찾느니, 3년 가뭄에 콩잎을 세고 있는 게 나을 정도입니다.

심지어는 이 궁벽한 시골 동네에 코커스파니엘이라든가 슈나우저라든가 별 이상스런 것들까지 활보하고 다니는 걸요.

그것들이 갠지 도깨빈지 원…….

게다가 겉모양이 누렇다고 해서 다 황구라고 할 수 있나요.

남우세스런 얘기지만, 서양개하고 똥개하고 어찌어찌 붙여서 덩치 큰 가짜 황구를 만들어 내기도 한다잖아요.

더구나 중국이란 나라에서 고기를 수입한다는 데야, 저희가 귀한 대접을 받는 것도 무리는 아니라는 생각이 드네요.

하지만, 귀한 대접이 목숨보다 더 좋기야 할까요.

저희도 하늘이 준 삶을 다 누리고 눈을 감고 싶지요.

생각해 보세요.

저희야말로 이 땅 흰옷 입은 백성들의 수천 년 친구가 아니었던가요?

삽살개니 진돗개니 하늘에서 떨어진 듯 떠받들지만, 저희 똥개만큼 가까이에서 희로애락을 같이했던가요.

저희가 얼마나 충성을 바쳤는지는 잘 아시잖아요.

저희들은 그래요.

몸뚱이 위로 떨어질 몽둥이를 등 뒤에 감춘 걸 뻔히 알면서도 주인이 부르면 속울음 울며 다가갑니다.

저희 핏속에는 목숨보다 주인에 대한 충성을 더 중시하라는 목소리 하나가 뜨겁게 흐르고 있는 걸요.

제 이름은 워리랍니다.

저를 날마다 때려도, 주인집 셋째 손자와 오래오래 함께 살고 싶은 워리랍니다.

달걀꾸러미

잊지 못할 어느 아낙의 선물

노인을 만난 건 양평장에서였다. 애초부터 장을 보러 양평까지 간 것은 아니었다. 그곳의 한 공원에서 연날리기 대회가 열린다는 소식을 듣고 이른 아침부터 달려간 터였다. 요즘은 연 띄우는 걸 보려면 행사장이라도 부지런히 찾아다니는 수밖에 없다. 하지만 기대에 못 미치는 연날리기 대회였다. 그날따라 강변엔 바람 한 점 불지 않았고, 바람 없는 날의 연이란 휘발유 없는 자동차나 다름없었다. 아이들은 연을 꼬리처럼 매달고 씩씩거리며 고수부지를 달렸지만, 하늘 턱밑에도 못 가 보고 바닥에 곤두박질치곤 했다.

그래서 '읍내 구경'이나 하자는 심사로 고수부지를 벗어났다. 운이 좋았던지 마침 장날이었다. 5일장이야 아무리 봐도 질리지 않는 구경거리의 진미가 아니던가. 이리 기웃 저리 기웃하다가 튀김도 사 먹고 싸구려 옷도 하나 사면서 모처럼 자신을 내려놓았다. 그러다 장터에서 나오는 길에 노인을 본 것이었다. 노인은 사람들이 오가는 복잡한 길가에 신문지 한 장만큼의 전을 펴놓고 있었다. 장터의 난전에조차 진입하지 못하는 잡상인 중의 잡상인인 셈이었다. 전을 폈으니 파는 물건임에는 분명한데 너무 초라하여 값을 묻기도 민망했다.

잡곡 몇 가지서부터 오그라든 시금치까지……. 그날 아침 집에서 동원할 수 있는 건 모두 끌고 나온 것 같았는데도 그 모양이었다. 내 눈길을 잡은 건 잡곡이나 채소는 아니었다. 짚을 추려서 엮은 달걀꾸러미에 곧장 시선이 박혔다. 순간 얼어붙은 듯 그 자리에 서고 말았다. 얼마 만에 보는 건지……. 오래 전 도시인으로 편입돼 다람쥐처럼 쳇바퀴나 돌리고 있는 처지로서는 뜻밖의 물건을 만난 셈이었다. "그래도 그렇지, 그까짓 달걀꾸러미 하나에 뭘 그리 호들갑이냐?"고 물으면 할 말이 없다. 내게 육친처럼 반가운 사람도 다른 이에겐 보고 싶지 않은 사람이 될 수 있는 게 세상의 이치니까.

쪼그리고 앉아 얼마냐고 물었더니 반색하며 3천 원을 부른다. 놓아먹인 토종닭이 낳은 알이니 몸에도 좋을 거라고 입에 침이 마른다. 나는 꾸러미에 반하고 노인은 달걀을 자랑하는 '동상이몽'이 이루어진 셈이다. 토종닭이 낳은 알이라는 자랑이 그럴듯한 게, 보통 달걀의 2/3 크기밖에 되지 않는다. 한 꾸러미면 열 개니 하나에 300원인 셈이다. 비싼지 싼지 가늠도 해 보기 전에 누가 뺏을세라 덥석 돈을 치른다. 운도 좋지, 우연히 들른 장터에서 달걀꾸러미를 만나다니. 싸고 튼튼한 계란판이 얼마든지 있는 세상에 아직도 이런 게…….

초등학교 2학년이나 3학년이었을 것이다. 앞에 앉은 아이의 등판으로 통통한 이 한 마리가 고물고물 기어 다닐 만큼 따뜻한 봄날이었다. 그런 날에 공부를 해야 한다는 건 고역이었다. 허파에 봄바람을 가득 채우며 들판을 달리고 싶었다. 공부보다는 하품에 더 열중하던 끝에 수업은 끝났다. 하지만 소망대로 운동장으로 달려 나갈 수는 없었다. 그날은 대청소 날이었다. 난 유리창을 닦는 당번이었다. 유리창에 매달려 하아하아~ 입김을 불고 있는데 느닷없이 비명소리가 들렸다. 교실에서 그리 멀지 않은 우물 쪽이었다.

그 당시까지만 해도 대부분의 학교에서는 우물물을 쓰고 있었다. 간혹 펌프를 놓은 곳도 있었지만 청소를 하기 위한 허드렛물은 우물에서 두레박으로 퍼서 썼다. 학교는 대개 높은 지대에 있기 때문에 우물은 꽤 깊었다. 물길이 잡힐 때까지 판 다음 '노깡'이라 부르던, 시멘트 토관을 박아 넣은 형태의 우물이었다. 비명은 예사롭지 않았다. 청소를 하던 아이들이 쏜살같이 우물가로 달렸다. 우물가에는 아이들 몇 명이 울면서 발을 구르고 있었다. 물을 길어 올리던 남자아이 하나가 우물에 빠졌다는 것이었다. 우리 반 아이였다. 하지만 아이들로는 뭘 어찌해 볼 수가 없었다. 짐승의 아가리처럼 컴컴한 우물을 들여다보며 소리를 지를 뿐이었다.

그때 교무실 쪽에서 선생님이 맨발로 달려 나왔다. 선생님은 주변에 있던 긴 끈의 한쪽 끝을 기둥에 묶고 한쪽 끝을 허리에 묶더니 줄을 타고 우물로 들어갔다. 우물 안은 이끼가 끼어 무척 미끄러워 보였다. 하지만 선생님은 망설이지

않았다. 손에 땀을 쥐는 시간이 한참 지난 뒤, 우물에 빠졌던 아이의 머리가 불쑥 나타났다. 이어서 선생님이 올라왔다. 무사한 두 사람을 보며 우리는 환호성을 질렀다.

다음날 수업시간에 허름하게 차린 아주머니 한 분이 조심스레 문을 열고 들어섰다. 칠판에 글씨를 쓰던 선생님이 돌아서며 어찌 오셨냐고 물었다. 그녀는 쭈뼛쭈뼛 한참 망설이다가 입을 열었다. "지가 종만이 에민디유, 선상님이 물에 빠진 우리 애를 살려 주셨다고 혀서……." 전날 우물에 빠졌던 아이의 어머니였다. 그러면서 손에 든 무언가를 조심스럽게 내밀었다. 아이들의 시선이 모두 그 손으로 쏠렸다. 허름한 보자기에 싼 달걀꾸러미였다. "보답을 혀야 쓰것는디, 집에 이것밖에 읎어서……." 친구 어머니의 목소리가 축축하게 젖으며 말이 꼬리를 감췄다. 선생님은 머리에 화로라도 뒤집어쓴 듯, 펄펄 뛰며 손사래를 쳤지만 그녀는 달걀꾸러미를 교탁 위에 놓고 도망치듯 교실을 나갔다. 아! 달걀 한 꾸러미. 생각해 보면 그건 그냥 달걀꾸러미가 아니었다.

그 시절만 해도 달걀은 '귀한 것' 중 하나였다. 어지간한 집에서는 생일 같은 특별한 날이나 밥상 위에서 구경할 수 있었다. 달걀은 현금 대신 쓰였다. 그래서 비상시를 위해 아껴 둬야 했다. 아이들이 학용품을 사야 하거나 미술 준비물이 필요할 때 어머니는 돈 대신 달걀을 내밀었다. 평소에는 쌀독 깊은 곳에 하나 둘씩 모았다가 열 개, 스무 개가 차면 꾸러미로 만들어 돈을 사거나 필요한 물건으로 바꾸고는 했다. 물에 빠졌던 아이의 집에서도 그렇게 아끼고 아껴 모았던 달걀이었을 것이다. 집에서 가장 귀중한 그것을 자식의 목숨을 구해 준 선생님께 드리고 싶었을 것이다. 하긴 다른 것을 드리고 싶어도 그럴 만한 게 있을 리 없는 살림이었겠지만…….

양평장에서 만난 노인과 그 앞에 놓인 달걀꾸러미 위에 40년 전 교실의 풍경이 겹쳐졌다. 이상한 일이었다. 시야가 자꾸 흐려졌다. 그 시간 이후 지금까지 살아온 세월이 모두 거짓일지도 모른다는 생각이 들었다. 사진을 찍어도 되느냐고 묻고 싶었지만 결국 입을 떼지 못하고 돌아섰다. 다 팔아도 만원 안팎에 그칠 것 같은 물건을 앞에 놓고 떨고 있는 노인에게 카메라를 들이대면 죄가 될 것 같았다. 하지만 장을 벗어나는 내내 시선은 뒤꼭지에 가 있었다.

내원마을

억새들이 들려주는 옛이야기

"내원마을을 아십니까?" 라고 물으면 대부분 사람들은 의아한 표정으로 고개를 젓는다. "그럼, 전기 없는 마을은 아십니까?" 라는 질문에는 언젠가 들어 본 적이 있다는 듯한 표정이 되면서, 기억을 끄집어내기 위해 눈동자를 굴린다. 그럴 때 "청송 주왕산에 전기와 전화가 없는 내원마을이라고 있는데 들어 본 적 있습니까?" 라고 물으면 대부분은 아! 하는 감탄사와 함께 고개를 끄덕인다.

하지만 질문 자체에 문제가 있다. '내원마을이라고 있었는데' 라는 과거형으로 물었어야 했다. 내원마을, 혹은 내원동은 더 이상 현실 속에 존재하지 않기 때문이다. '육지 속의 섬' 으로 불리거나 감호소가 있는 곳 정도로 기억되는 경북 청송, 그중에서도 주왕산 속살 깊은 곳에 터를 잡고 수백 년 삶을 이어온 동네가 내원마을이었다. 한때는 '무릉도원' 이라고까지 불리던 그곳은 이제 전설로만 기억될 것이다. 해발 500미터 높이에 있고 전기, 전화는 물론 수도도 없던 곳.

내원동에 사람이 살기 시작한 것은 400여 년 전부터라고 한다. 임진왜란 때 일부 사람들이 들어가 화전을 일구며 살기 시작했다는 것이 정설이다. 한때 양조장이 있을 정도로 번창했으며 70가구 500여 명까지 모여 살았다고 한다. 주민들은 벼농사, 담배 농사, 숯 장사 등으로 생계를 유지했다. 하지만 1976년 주왕산이 국립공원으로 지정되면서 여러 가지 제약이 생겼고, 생계가 곤란해진 주민들은 소액의 보상금을 받고 하나둘 마을을 떠나기 시작했다. 게다가 환경보호 등을 이유로 강제 이주 정책이 시행되면서 남은 주민들도 단계적으로 떠날 수밖에 없었다. 마을은 그렇게 지우개로 지운 듯 사라졌다. 아직 오래 전 폐교된 주왕산 초등학교 내원분교와 찻집 내원산방이 남아 있지만 그것도 곧 헐릴 예정이라고 한다.*

마을이 철거되게 된 결정적 이유는 수질보호다. 즉 "국립공원 한가운데서 일부 주민이 관광객을 상대로 무허가 음식점과 민박업을 하는 바람에 주방천의 수질오염이 심각하다"는 이유로 마을 하나가 통째로 사라져 버린 것이다.

* 2007년 11월 초 내원마을을 방문한 뒤 이 글을 썼다. 그때까지만 해도 내원분교와 내원산방은 남아 있었다. 하지만 2008년 1월에 주왕산 국립공원 관리사무소에 문의한 결과 그곳들도 이미 헐렸다는 것이었다. 결국 내원마을은 2007년 12월부로 그 마지막 흔적을 지웠다. 방문했던 시점의 느낌을 살리기 위해 내용을 수정하지 않는다.

내원산방
山情茶
山中보약茶

참좋은인연

주왕산을 오르기 시작하면서부터 내원마을이 존재했다는 흔적을 찾아보기는 쉽지 않았다. 모든 안내판에서 내원동이란 이름이 사라져 버렸다는 것을 눈치챌 수 있었다. 대전사를 지나 시루봉, 학소대 등 기암괴석과 제1, 제2, 제3폭포를 거쳐 올라가는 길은 평화롭고 아름다웠다. 가을은 초겨울의 홍시처럼 터질 듯 무르익어 있었다. 손에 쥐면 붉은 물이라도 뚝뚝 떨어질 것 같은 단풍과, 바위 사이를 돌고 도는 물은 어떤 탄성도 아깝지 않았다.

하지만 제3폭포를 지나 다리를 건너자마자 길을 잃었다. 지도를 준비하지 못한 까닭에 두 갈래 길 앞에서 어느 쪽으로 가야할지 막막해지고 만 것이다. 제3폭포 쪽으로 돌아가서 안내판을 이 잡듯 뒤져 봤지만 '내원마을 가는 길'은 없었다. 몇 사람에게 물어봐도 고개를 저을 뿐이었다. 그렇듯 철저하게 지워 버릴 이유가 어디 있단 말인가. '내원마을이 있던 곳' 정도로 표기해도 될 것을. 다시 두 갈래길 앞으로 가서 이정표를 찬찬히 들여다보다가 환호성을 질렀다. 내원동이란 희미한 글자를 발견한 것이다. 누군가 지운다고 지웠는데 흔적이 남아 있었다.

하지만 그 발견이 화근이었다. 오른쪽의 평탄한 길을 버리고, 이정표의 숨은 화살표가 가리키는 왼쪽의 험한 길을 택했다. 희미한 길의 흔적은 계곡을 타고 마냥 이어져 있었다. 그 길을 따라 허덕허덕 올라갔지만, 제3폭포에서 30분 정도 걸린다고 들었던 내원마을은 한 시간을 올라가도 나오지 않았다. 아무리 산속이라고 해도, 벼농사까지 지었다는 마을을 이렇게 좁고 험한 길로 다녔을까.

뭔가 잘못되었다는 생각이 들었지만 조금만 조금만 하다가 결국 그냥 돌아서기엔 너무 먼 곳까지 올라갔다. 허기와 낙망으로 길가 바위에 주저앉아 있는데, 마침 위에서 내려오는 등산객을 만났다. 마을은커녕 집 한 채 없다는 게 그의 대답이었다. 마침 그가 갖고 있던 지도에서 내원마을을 찾을 수 있었다. 버리고 올라온 길로 가는 것이 옳았다. 원 위치로 내려와 내원마을로 가는 길은 평탄하기 그지없었다. 등산이라기보다 산책에 가까운 걸음을 30분쯤 걸었을까, 드디어 저만치 내원분교가 보였다.

내원마을이 있던 곳은 쓸쓸했다. 그렇지만 아름다웠다. 옹기종기 집들이 모여 있었던 흔적이 희미하게 지워져 가고 있는 모습을 보면서 마음이 아팠다. 집터나 논밭이었던 곳에는 늦가을 억새들만 어깨를 비비며 서걱서걱 울고 있었다. 골짜기이긴 하지만, 길게 펼쳐진 배산임수 지형은 인간이 깃들여 살기엔 조금도 부족함이 없어 보였다. 마지막으로 남은 주민, 내원산방 주인 남자는 집 주변을 배회하고 있었다. 차나 음식을 못 팔게 하기 때문에 달리 할 일이 없다는 것이었다. "단풍철이 지나면 이 집도 철거한답니다." 말은 담담하게 했지만 그 담담함은 막막함과 다르지 않아 보였다. 황금빛으로 농익은 햇살이 내원분교의 교실 안팎을 덧칠하고 있었다. 눈이 부셨다. 교실로 들어가니 풍금 두 대와 낡은 난로, 책걸상 몇 개와 칠판이 아이들 대신 지난 세월을 조잘거리고 있었다. 창문으로 폭포처럼 햇살이 쏟아져 들어왔다.

교실에서 나와 내원산방 뒤를 하릴없이 걸었다. 바람에 서러운 억새의 울음에 귀를 기울여 봤지만, 아무것도 해독할 수 없었다. 억새밭을 지나 조금 올라가니 돌담들이 보였다. 저 안에 집이 있었을 것이고, 그 안에는 호롱불, 촛불을 밝히던 사람들이 살았으리라. 발걸음은 냇가로 향했다. 수정처럼 맑은 물이 흐르고 있었다. 이 물을 위해 사람들이 떠나야 했던 것이겠지. 환경과 인간의 악연은 영원히 풀지 못할 숙제일까. 버들치인 듯싶은 작은 물고기들이 유영하고 있었다. 아이들은 틈만 나면 코밑에 있는 냇가로 몰려들었겠지. 풍덩풍덩 멱도 감고 물고기도 잡았으리라.

냇가에 세워져 있는 간판을 찬찬히 들여다봤다. "……1970년 3월 2일 설립하여 1980년 3월 1일 폐교까지 총 78명의 학생을 배출……." 78명의 물고기 잡던 아이들의 고향은 사라졌다. 자의로 떠난 사람들이야 그럴 만한 국량이 있었다 하더라도, 노동력을 상실할 나이가 돼서 떠나야 했던 사람들은 어떻게 됐을까. 몇 푼 주어졌을 보상금이 산을 내려가는 순간 얼마나 초라해졌을지는 안 봐도 뻔한 일이고. 혹시, 도시에 '잉여 인간'으로 흘러들어 유령처럼 떠도는 것은 아닐지…….

기행 수첩

내원마을은 사라졌지만 주왕산은 여전히 아름답습니다. 늦가을, 청송으로 가는 길은 눈을 어디에 둬도 온통 붉은 사과밭입니다. 가지를 부러뜨릴 듯 주렁주렁 열린 사과를 보면서, 과일이 꽃보다 더 아름다울 수도 있다는 것을 실감하였습니다. 주왕산은 높이가 721미터에 불과(?)하지만 그 어느 산 못지않게 웅장하고도 수려합니다. 골골에 전설도 많아, 하루만 머물다 오기에는 너무 아쉬운 산입니다. 주왕(周王)의 딸 백련 공주의 이름을 땄다는 백련암, 청학과 백학이 둥지를 틀고 살았다는 학소대, 주왕과 마장군이 격전을 치렀다는 기암, 주왕의 아들과 딸이 달구경을 했다는 망월대, 주왕이 숨어 살다가 죽었다는 주왕굴 등이 명소로 꼽힙니다. 아는 만큼 보인다고, 사전에 조금 공부를 하고 가면 재미를 만끽할 수 있습니다. 인근의 주산지는 영화 〈봄, 여름, 가을, 겨울 그리고 봄〉이 촬영된 곳으로서 규모는 작지만 국내에서 가장 아름다운 저수지 중의 하나입니다.